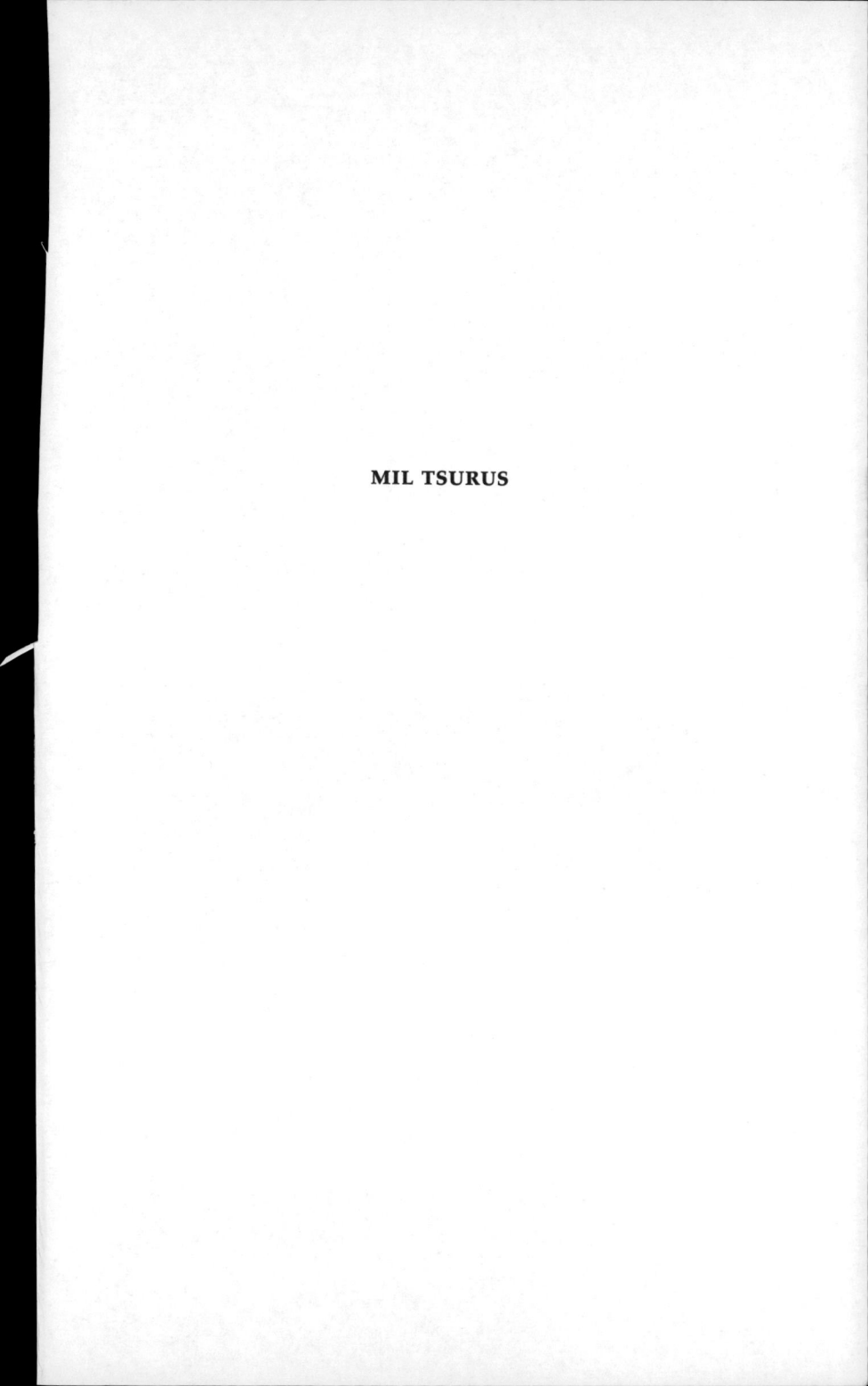

MIL TSURUS

Yasunari Kawabata

MIL TSURUS

tradução do japonês
Drik Sada

5ª edição

Estação Liberdade

Título original: *Senbazuru*
© herdeiros de Yasunari Kawabata, 1960
© Editora Estação Liberdade, 2017, para esta tradução

Preparação	Graziela Costa Pinto
Revisão	Cecília Floresta
Consultoria cultural	Madalena Hashimoto Cordaro
Composição	Johannes Christian Bergmann
Ideogramas à p. 7	Hideo Hatanaka, título da obra em japonês
Ilustração de capa	Obra de Midori Hatanaka para esta edição, acrílico s/ folha de ouro
Edição de arte	Miguel Simon
Editor responsável	Angel Bojadsen

CIP-BRASIL. CATALOGAÇÃO NA PUBLICAÇÃO
SINDICATO NACIONAL DOS EDITORES DE LIVROS, RJ

K32m

    Kawabata, Yasunari, 1899-1972
        Mil tsurus / Yasunari Kawabata ; tradução Drik Sada. -- São Paulo : Estação Liberdade, 2017.
    176 p. ; 21 cm.

    Tradução de: Senbazuru
    ISBN: 978-85-7448-115-9

    1. Japão - Ficção. 2. Romance japonês. I. Sada, Drik. II. Título.

17-39816   CDD: 895.63
                                   CDU: 821.521-3

17/02/2017   17/02/2017

Todos os direitos reservados à Editora Estação Liberdade. Nenhuma parte da obra pode ser reproduzida, adaptada, multiplicada ou divulgada de nenhuma forma (em particular por meios de reprografia ou processos digitais) sem autorização expressa da editora, e em virtude da legislação em vigor.

Esta publicação segue as normas do Acordo Ortográfico da Língua Portuguesa, Decreto nº 6.583, de 29 de setembro de 2008.

Editora Estação Liberdade Ltda.
Rua Dona Elisa, 116 | 01155-030 | São Paulo-SP
Tel.: (11) 3660 3180 | Fax: (11) 3825 4239
www.estacaoliberdade.com.br

千羽鶴

Sumário

Livro Primeiro
    Mil tsurus   11

Livro Segundo
    O pôr do sol no bosque   55

Livro Terceiro
    Cerâmica Shino   81

Livro Quarto
    A marca de batom   105

Livro Quinto
    A estrela dupla   135

Livro Primeiro

Mil tsurus

1

Mesmo já estando dentro do pátio do templo Engakuji, em Kamakura[1], Kikuji ainda tinha dúvida se deveria ou não comparecer àquela cerimônia do chá. Atrasado, ele já estava.

Kikuji recebia um convite toda vez que Chikako Kurimoto promovia um daqueles eventos, realizados na sala reservada do Engakuji. No entanto, desde a morte de seu pai, nunca mais havia participado deles. No seu entender, Chikako só o convidava em respeito à memória do falecido pai.

Entretanto, daquela vez, havia um adendo ao convite. A anfitriã contava com a presença dele, gostaria de apresentar-lhe uma moça. Uma de suas alunas.

Ao ler aquelas palavras, veio-lhe de imediato a lembrança da mancha de Chikako.

Kikuji talvez tivesse uns oito ou nove anos de idade. Certo dia, seu pai resolvera ir à casa dela e o levou junto. Quando lá chegaram, depararam com a dona da casa de seios desnudos. Havia uma enorme mancha de nascença cobrindo um dos seios, e Chikako, com uma pequena tesoura, cortava os pelos que ali nasciam. Uma coloração escura

---

1. Dos cinco maiores templos tradicionais da região de Kamakura, o Engakuji é o segundo em ordem de importância.

espalhava-se pela metade do seio esquerdo e alcançava a altura da boca do estômago. Tinha o tamanho da palma de uma mão aberta. Não foi difícil concluir que os indesejáveis pelos nasciam daquela pele escuro-arroxeada e Chikako precisava apará-los à medida que cresciam.

— Oh! Trouxe seu filho?

Surpresa, Chikako fechou a gola de seu quimono. Mas, talvez por achar deselegante esconder-se às pressas, virou ligeiramente seu corpo na direção oposta para só depois prender com vagar a ponta da gola na beirada do *obi*.[2]

Ela assustou-se não com a presença do pai de Kikuji, mas, sim, com a dele próprio. Como a criada os havia recebido na porta e anunciado a chegada de visitantes, Chikako não estava desavisada de que pessoas estavam para adentrar o recinto.

Contudo, o pai não fizera questão de entrar na sala em que estava Chikako e preferiu permanecer no cômodo contíguo. Tal cômodo era revestido de tatame e costumava ser usado para a prática do ritual do chá.

Seu pai observava o *kakemono* na parede do *tokonoma*.[3]

— Acho que vou querer um gole — disse ele, meio distraído.

— Pois não — respondeu rapidamente Chikako, mas não se levantou de imediato.

Kikuji não conseguia deixar de reparar naqueles pelos espalhados no jornal estendido sobre os joelhos de Chikako.

---

2. Faixa larga usada para prender a cintura do quimono. Geralmente, é uma peça requintada de seda.

3. As casas tradicionais japonesas costumam ter um recinto, o *tokonoma*, no qual há um nicho, o *toko*, quadrilátero com o assoalho um pouco elevado do nível do chão, em que se colocam objetos artísticos para apreciação meditativa, como o *kakemono*, rolo de pintura em estilo oriental.

Pequenos fios que mais pareciam ser os da barba de um homem. Era dia, mas dava para ouvir os ratos fazendo algazarra na forração do teto. Também era possível avistar o pessegueiro em flor perto da varanda.

Chikako, já sentada à frente do braseiro, preparava o chá, absorta.

Dez dias após tal flagrante, Kikuji escutou sua mãe contando algo a seu pai. Parecia revelar o fato mais chocante que já ouvira na vida. Chikako não se casava devido a uma terrível imperfeição em seu seio. Pelo jeito, sentia pena dela, pois contava o fato com a expressão condoída. A pobre mãe não fazia idéia de que o marido já sabia do segredo daquela mulher.

— Oh! Hum... — assinalou o pai, como se estivesse surpreso com o assunto. — Diga-me, mas qual seria o problema de o marido ver a tal imperfeição? É só revelá-la antes do casamento...

— Disse exatamente a mesma coisa para ela, mas pensando como mulher... É complicado assumir e confessar aos outros que se carrega uma mancha no seio.

— As duas não são mais mocinhas para ficarem com esse tipo de pudor!

— Ainda assim, é complicado. Para o homem, é mais fácil. Mesmo que a companheira descubra algo assim depois do casamento, certamente rirá e deixará o assunto de lado.

— E ela lhe mostrou a mancha?

— Imagine! Não seja tolo.

— Só trocaram ideias, então?

— Sim, na aula de hoje. Falamos sobre vários assuntos... Creio que ela precisava desabafar com alguém.

O pai ficou mudo.

— E se ela guardasse segredo e só contasse ao marido depois? Que atitude tomaria o homem?

— Seria desagradável e, com certeza, causaria certo mal-estar entre eles. Mas, às vezes, esse tipo de segredo pode até vir a servir como um jogo de mistério e cumplicidade entre o casal. Quem garante que não se torne um tipo de atrativo para a relação? Eu até acho que o problema deve motivá-la a mostrar sempre o melhor de si para o marido. No final das contas, nem é um defeito tão grave assim.

— Eu também tentei consolá-la dizendo o mesmo, mas, segundo ela, a mancha cobre até o mamilo.

— É mesmo?

— O que mais a chateia é pensar em ter filhos e precisar amamentar o bebê. O marido vá lá, mas pensando na criança...

— Por acaso tal mácula impede o leite de sair?

— Não é nada disso... Ela não quer que o bebê tenha a visão daquilo enquanto mama. Eu também nunca havia pensado nisso. Veja aonde vão os pensamentos de uma pessoa quando o problema é com elas. Siga o raciocínio. Qual será a primeira coisa que o bebê vai pôr na boca no dia em que nascer? Qual a primeira visão que ele terá no momento em que abrir os olhos? O seio da mãe coberto por uma mancha medonha. A primeira impressão que ele vai ter do mundo — a primeira impressão de sua mãe — será a pele escura em seu seio... Isso pode se tornar um trauma para toda a vida.

— Ainda acho que ela está exagerando.

— Se esse fosse realmente o problema, ela poderia alimentar o bebê com leite em pó ou contratar uma ama de leite, não?

— Mesmo com tal receio, o que importa é se ela produz leite ou não.
— As coisas não funcionam bem assim. Quase chorei quando a ouvi falar disso. Fui obrigada a concordar. Eu também não gostaria de ter dado de mamar ao nosso Kikuji com um seio maculado.
— É... Concordo.

Kikuji sentia indignação pela desfaçatez de seu pai. E também um profundo ódio por aquele homem que então o ignorava, sabendo ser ele, seu filho, também conhecedor do segredo de Chikako.

Passados mais de vinte anos, Kikuji já conseguia ver certa graça naquela atitude de seu pai. Certamente, devia encontrar-se bem constrangido naquele momento.

Mesmo assim, na época em que completara dez anos, Kikuji vivia relembrando a história narrada por sua mãe. Tremia só de pensar na possibilidade de existir no mundo um meio-irmão, ou uma meia-irmã, que tivesse sido amamentado por aquele seio marcado.

Não era somente o receio de ter um irmão desconhecido em algum lugar do mundo, ele tinha medo da criança em si. Para Kikuji, um bebê amamentado por um seio maculado e peludo parecia tão assustador quanto o próprio demônio.

Felizmente, parecia que Chikako não tivera filhos. Ele suspeitava que seu pai não a deixara conceber. Inclusive, a história da mácula e do bebê, que tantas lágrimas tinha tirado de sua mãe, podia muito bem ser um artifício lançado pelo seu próprio pai, a fim de tolher qualquer intenção que aquela mulher poderia ter de engravidar. Seja lá como tenha sido, nenhum filho ou filha de Chikako surgira enquanto seu pai estivera vivo. Nem depois de morto.

O fato é que ela fora contar à mãe de Kikuji sobre a tal mancha logo após ter sido flagrada por ele. Provavelmente, uma estratégia para evitar que a coisa chegasse aos ouvidos da mulher pela boca de uma criança.

Teria sido verdade que a mancha dominara os rumos da vida de Chikako de tal forma que ela nem sequer pudera pensar em se casar? Não havia como negar que aquilo exercia algum tipo de influência no destino de Kikuji, pois a forte impressão causada por tal mácula nunca mais se apagara de sua memória.

Naquele momento, diante do convite de Chikako, comunicando o desejo de apresentar-lhe uma boa moça na ocasião da cerimônia do chá, tal mancha ressurgiu-lhe à mente e um pensamento passou a galope. Se para Chikako aquela moça era digna de se casar, seria por que tinha uma pele de seda, sem nenhuma marca, diferente da dela? Será que seu pai costumava beliscar a mancha do seio de Chikako? Quem sabe até a tenha mordido... Tais eram as fantasias que povoavam a imaginação de Kikuji, que sempre dominavam seus pensamentos, inclusive naquele momento, enquanto caminhava pelo pátio do templo, ouvindo o gorjear dos pássaros. O som vinha das montanhas que rodeavam aquele local sagrado.

Chikako começara a mudar dois ou três anos depois do flagrante da mancha. Perdia sua feminilidade, dia após dia, até chegar ao que era na atualidade, um ser praticamente andrógino. Com certeza, ela estaria conduzindo aquela cerimônia com a eficiência de sempre, e aquele seio marcado por certo já estaria murcho pela idade. Ao pensar nisso, Kikuji ensaiou um sorriso de alívio, quando, de súbito, duas moças vieram apressadas por trás dele.

Ele parou para lhes dar passagem.

— A cerimônia do chá da senhora Kurimoto é por aqui? — perguntou ele.

— Sim — responderam em coro.

Ele evidentemente já o sabia. Além do mais, as vestimentas típicas denunciavam que estavam indo a uma cerimônia do chá. Mesmo assim, Kikuji fizera questão de indagá-las, uma forma de se obrigar a comparecer.

E também porque percebera quão bela era uma delas, a que trazia uma trouxa feita com um lenço rosa de crepe da China. Nele, estava estampada uma revoada de tsurus brancos.

2

Kikuji alcançou as duas jovens no momento em que trocavam seus *tabi*[4], preparando-se para entrar na sala de chá.

Ele espiou o recinto por detrás delas, um cômodo de oito tatames abarrotado de mulheres. Todas sentadas ao chão e trajando vistosos quimonos.

Chikako avistou Kikuji e avidamente veio recepcioná-lo.

— Seja bem-vindo, meu ilustre visitante. Pode subir por aqui mesmo, não se acanhe — disse, apontando a porta de correr próxima ao *toko*.[5]

Sentiu que os olhares de todas as mulheres da sala voltavam-se para ele e corou.

— Só vieram senhoras?

— Pois então. Havia um homem até agora há pouco, mas ele teve de ir embora. Neste momento, o senhor é a única flor do jardim.

— Flor, não!

---

4. Tipo de meia usada para proteger os pés do frio quando se traja quimono. Cobre todo o pé, separando apenas o dedo polegar. Antes de adentrar um recinto, as mulheres costumam trocá-las por uma questão de asseio.
5. É a posição mais nobre da sala, onde se sentam os visitantes importantes. Portanto, a porta próxima a ela também se configura como uma entrada nobre.

— Tem atributos tão belos quanto os de uma flor! Não seja preconceituoso.

Kikuji fez sinal de que entraria pela outra porta.

Uma das jovens que havia visto deu-lhe passagem educadamente, enquanto guardava o seu par de *tabi* na trouxa de lenço de tsurus.

Ao passar pela sala ao lado, Kikuji avistou um amontoado de embrulhos de doce vazios, caixas de utensílios usados no ritual do chá, bolsas e pertences dos visitantes, tudo espalhado de qualquer jeito. Também ouviu a empregada lavando os pratos na cozinha, localizada nos fundos.

Chikako veio ao seu encontro e sentou-se perto dele, como se caísse a seus pés.

— O que achou dela? Não é um encanto?

— A moça do lenço de tsurus?

— Lenço de tsurus? Do que está falando? Estou me referindo à mais graciosa das duas mocinhas que estavam de pé ali na entrada, a filha da senhora Inamura.

Kikuji sacudiu a cabeça entre o sim e o não.

— Quer dizer que o lenço dela lhe chamou a atenção? Em geral, não é a primeira coisa em que um homem repara. Mas, pelo jeito, não perde tempo. Estou surpresa de vê-los chegando juntos.

— Não é nada disso.

— Terem se encontrado no meio do caminho é sinal do destino. A senhora Inamura era conhecida de seu pai também.

— É mesmo?

— A família dela era comerciante de fios de seda em Yokohama. A filha não sabe nada sobre hoje, viu? Seja discreto e apenas observe-a.

Kikuji sentia-se incomodado, o timbre da voz de Chikako é que não era nada discreto. A divisória corrediça que separava as duas salas era revestida de uma fina camada de papel-arroz, o que não parecia suficiente para abafar a conversa. De repente, Chikako aproximou seu rosto do dele.

— Há apenas um inconveniente — segredou —; a senhora Ota também está aqui com a filha.

Ela continuou a falar, tentando apreender a reação de Kikuji.

— Eu não a convidei... Mas eventos como este são abertos, qualquer um pode participar. Tanto é que dois casais de americanos acabam de sair daqui. Sinto muito. Não posso fazer nada se ela ouviu falar da cerimônia e veio por conta própria. Mas fique tranquilo, pois ela não sabe nada dos planos que tenho hoje para o senhor.

— Sobre hoje, eu não... — "tenho a menor intenção de conhecer a moça", é o que Kikuji queria dizer, mas a frase não saiu de sua boca. Parecia entalada na garganta.

— Bem, quem tem de se sentir incomodada é ela. Mantenha a cabeça erguida.

Esse comentário o irritou ainda mais.

Parece que a relação entre seu pai e Chikako fora breve e nada séria. Até a morte dele, ela vivia por perto como uma mulher servil. Frequentava a casa da família a pretexto de ajudar na cozinha, não apenas quando havia uma cerimônia do chá, mas também quando recebiam visitas comuns.

A idéia de sua mãe ter tido ciúmes de uma mulher tão assexuada quanto Chikako parecia-lhe agora ridícula. Por certo, sua mãe acabara percebendo que o marido conhecia a mancha de Chikako, mas aí já eram águas passadas.

E Chikako, depois de tudo, ainda permanecia lá, postada ao lado da esposa, como se nada tivesse acontecido.

Com o decorrer do tempo, também Kikuji passou a tratar Chikako de modo menos hostil. Ao usufruir de sua disponibilidade, aquele mal-estar da infância foi se amenizando. Perder a feminilidade e transformar-se em fiel serva na casa do ex-amante talvez lhe tenha sido um meio de sobrevivência. Com o apoio da família de Kikuji, Chikako também alcançou sucesso como mestra de cerimônias do chá.

Kikuji não conseguia deixar de sentir pena daquela mulher quando pensava na possibilidade de ela ter abdicado de todo seu lado feminino, contentando-se com a única, exclusiva e fugaz relação que mantivera com seu pai.

Havia, contudo, outra razão que impedia sua mãe de hostilizar Chikako tanto quanto deveria: o problema com a viúva Ota.

Quando o senhor Ota, antigo colega de chá de seu pai, falecera, este ficou encarregado de se desfazer de seus utensílios cerimoniais. Foi o pretexto ideal para ele se aproximar da viúva.

Mais que depressa, Chikako tratou de investigar a possível traição. Logicamente, tomou partido da mãe de Kikuji e fazia de tudo por ela. Até demais. Seguia de perto os passos de seu pai e também ia até a viúva para recriminá-la. Era como se o ciúme que ela ocultara por tanto tempo tivesse entrado em erupção.

A mãe de Kikuji era uma mulher recatada e sentia-se intimidada diante das atitudes agressivas de Chikako, mas o que de fato a preocupava eram os comentários da sociedade.

Chikako insultava a viúva Ota mesmo na frente de Kikuji. Quando sua mãe a repreendera, dizendo não ser correto fazer tal coisa diante de crianças, ela retrucou. Em sua opinião, era melhor que Kikuji ouvisse a verdade.

— Dessa última vez que fui à casa dela, falei tudo o que devia. Só não sabia que a filha estava ali, escutando por detrás da porta. De repente, comecei a ouvir um choro sufocado.

— A filha dela? — A mãe de Kikuji franziu a testa.

— Sim. Creio que deva ter uns doze anos. A senhora Ota é uma péssima mãe. Em vez de ralhar com a menina, foi até lá, abraçou-a e a fez ficar bem ali na minha frente, chorando no seu colo. Estava claro que usava a filha como coadjuvante de seu teatrinho.

— Coitada da garota...

— Esse é apenas mais um dos motivos para condená-la. Saiba que as crianças conhecem muito bem os pais que têm. Pobrezinha, até que é uma menina bonita, de rosto redondinho. — Chikako fitava Kikuji enquanto falava.

— Por que seu filho não diz umas verdades ao pai dele? — disparou.

— Não o envenene, por favor — retrucou a mãe. Aquilo já passava dos limites.

— A senhora não pode ficar escondendo suas insatisfações. É melhor colocar tudo para fora. Enquanto está aí, toda abatida, a viúva Ota está lá, desfilando gordinha e saudável para quem quiser ver. Ela acha que pode se safar de tudo fingindo ser uma mulher frágil. É pura sem-vergonhice. A senhora sabia que ela recebe seu marido em um recinto onde ainda mantém o retrato do falecido esposo? Não sei como ele não reclama...

E agora que seu pai não estava mais neste mundo para se defender, Kikuji descobria que a causadora de todo aquele mal-estar andava frequentando as cerimônias promovidas por

Chikako. Ainda por cima, acompanhada da filha. Por essa, Kikuji não esperava.

Chikako afirmara não tê-la convidado para aquele dia, mas o espantava o fato de elas terem mantido certo tipo de contato após a morte de seu pai. Quiçá a filha estivesse até tomando aulas com Chikako.

— Se a presença dela estiver lhe incomodando, posso pedir que se retire — sugeriu Chikako, encarando Kikuji.

— Não me importo. Só se ela quiser ir embora.

— Se a senhora Ota fosse uma pessoa conscienciosa, seu pai e sua mãe não teriam tido tantos aborrecimentos.

— Mas ela não está acompanhada da filha?

Kikuji nunca havia visto a filha da viúva.

Sentiu que não seria agradável conhecer a moça do lenço de tsurus na presença da viúva Ota. Parecia-lhe ainda pior a idéia de ver a filha desta pela primeira vez. Apesar disso, a voz serpentil de Chikako irritava-lhe tanto os ouvidos que ele só pensava em sair dali.

— Ela já sabe que eu estou aqui, certo? Então, não vou fugir, nem me esconder.

Entrando pela porta próxima ao *toko*, sentou-se na posição mais nobre da sala. Chikako entrou logo depois.

— Senhoras, este é o senhor Kikuji Mitani, filho do falecido mestre Mitani.

Diante de introdução tão formal, Kikuji viu-se obrigado a cumprimentar a todas novamente, desta vez com uma leve reverência. Quando enfim levantou o olhar, pôde vislumbrar as moças presentes no recinto. Notou estar mais nervoso do que imaginava, pois só então começou a distinguir rostos em meio ao florido vibrante daqueles quimonos.

Assim que as feições tornaram-se mais nítidas, Kikuji percebeu estar sentado justamente na frente da viúva Ota.

— Oh! — exclamou ela.

Todas as presentes puderam ouvir claramente sua voz tão sincera e saudosa, de quem reencontrava um ente querido depois de anos.

— Há quanto tempo! Que bom encontrá-lo de novo — a viúva continuou a saudá-lo com afeição. Em seguida, puxou de leve a manga das vestes da moça que se encontrava ao seu lado, como se a repreendesse pela demora em cumprimentar o ilustre visitante. Claramente desconcertada, a moça enrubesceu e baixou o olhar.

Aquilo espantou Kikuji. Não havia o menor sinal de inimizade ou maldade nas atitudes dela. Mas, ao contrário, a saudade parecia extravazar da viúva. O inesperado encontro com Kikuji parecia deixá-la realmente feliz. Ela não parecia perceber com que olhos as mulheres daquela sala a observavam.

A filha a seu lado continuava cabisbaixa. Quando por fim a viúva notou o constrangimento da jovem, seu rosto começou a corar de leve, mas manteve os olhos fixos em Kikuji. Era como se tivesse algo a lhe dizer e fosse se jogar a seus pés a qualquer momento.

— Também pratica a arte do chá?

— Não. Isso nunca me atraiu.

— Verdade? Mas deve ter herdado o sangue dele — enquanto falava, a emoção ia visivelmente tomando conta da mulher, fazendo marejar o canto de seus olhos.

Kikuji não via a viúva Ota desde o velório de seu pai. Desde então, passaram-se quatro anos, mas ela não havia mudado praticamente nada.

A silhueta delgada de seu pescoço, a palidez da pele e os ombros carnudos, que não combinavam com o resto do conjunto, continuavam os mesmos. Seu corpo não aparentava a idade que tinha. O nariz e a boca pareciam pequenos em relação aos olhos. Apesar disso, o nariz acanhado era formoso ao seu jeito, não deixando de ser atraente. Quando movia a boca para falar, o lábio inferior projetava-se libidinosamente.

A filha havia herdado o pescoço longilíneo e os ombros carnudos. Só a boca era maior que a da mãe, e ela a mantinha firmemente cerrada. Chamava atenção o fato de os lábios maternos serem muito menores que os da filha.

Também com pupilas maiores e mais negras que as da mãe, os olhos daquela jovem transbordavam tristeza.

Chikako dirigiu-se a uma das moças depois de verificar o carvão incandescente no braseiro.

— Senhorita Inamura, o que me diz de preparar o chá para o senhor Kikuji? Ainda não fez sua demonstração, certo?

— Com todo o prazer. — Quem se levantou prontamente foi a moça do lenço de tsurus.

Kikuji já havia notado sua presença ao lado da senhora Ota, mas evitou olhá-la desde que reconhecera a viúva e sua filha.

A intenção de Chikako era óbvia. Queria que Kikuji apreciasse a filha da senhora Inamura, fazendo-a preparar o chá.

— Que *chawan*[6] devo usar? — indagou ingenuamente a pretendente a Chikako, na frente do braseiro, onde estava sentada.

---

6. Recipiente específico da cerimônia do chá no qual se mantém a água a ser usada na chaleira ou para lavar outros utensílios.

— Deixe-me ver. Eu recomendo esse Oribe[7] — sugeriu Chikako. — Era o favorito do pai do senhor Mitani, e ele me presenteou com a peça.

A jovem obedeceu e colocou o *chawan* sugerido na frente do convidado. De fato, ele o reconhecia. Tratava-se de um dos *chawan* de seu pai, que ele chegou a vê-lo usando. Entretanto, ele também sabia que o pai havia recebido aquela peça de presente da viúva Ota.

O que ela estaria sentindo agora, ao ver o *chawan* exposto aos olhos de todos, numa ocasião como aquela? A peça que um dia fizera parte do legado de seu falecido marido, uma peça que ela tão devotadamente cedera ao pai de Kikuji e que, por fim, acabara caindo nas mãos de uma mulher como Chikako?

Kikuji abismava-se com a ausência de tato da anfitriã. Em termos de sensibilidade, porém, a viúva Ota, como Chikako, tampouco primava pelo bom senso.

Aos olhos dele, havia uma cândida beleza naquela jovem preparando o chá, em meio ao ambiente saturado pelo peso da vida pregressa daquelas mulheres de meia-idade.

---

7. Oribe-yaki é um estilo de cerâmica criado por Oribe Furuta no ano 4 da era Keichô (1596-1615), caracterizado pelo colorido e geometrismo.

3

O plano era levar a moça do lenço de tsurus à apreciação de Kikuji, mas via-se que a jovem desconhecia a intenção. Ela continuava a desempenhar seu trabalho sem a menor sombra de hesitação. Ao terminá-lo, levou ela mesma o *chawan* às mãos de Kikuji.

Após um pequeno gole, ele passou a observar a peça. Era um belo Oribe de tom escuro, com a parte frontal esmaltada de branco e folhas de samambaia desenhadas também em tinta escura.

— Lembra-se dele? — perguntou Chikako do outro lado da sala.

— Mais ou menos — respondeu Kikuji sem muita convicção, recolocando o *chawan* sobre o tatame.

— O desenho dos brotos de samambaia representa a atmosfera das vilas montanhescas. É um *chawan* ideal para ser usado no início da primavera. Seu pai sempre o utilizava nessa estação. Estamos um pouco fora de época, mas fiz questão de servi-lo com ele.

— Imagine. O fato de meu pai tê-lo usado não quer dizer nada. Afinal, é uma peça tradicional, criada na era

Momoyama por Rikyû.[8] Quantos mestres do chá devem ter cuidado de tal raridade durante todos esses séculos? Perto deles, que importância tem meu pai?

Kikuji tentava afastar de sua mente a sórdida história que envolvia aquele *chawan*. O falecido Ota deixara-o de herança para sua esposa. A viúva presenteara o pai de Kikuji com ele. Depois de sua morte, Chikako apossara-se da peça. Nessa história, dois homens morreram e duas mulheres continuavam vivas, o que já era o bastante para considerar aquele *chawan* uma peça da mais estranha sina.

Naquele momento, mais uma vez, a velha coadjuvante do destino voltava à cena, sendo tocada com os lábios e acariciada pelas mãos não só da viúva Ota, mas de sua jovem filha, de Chikako, da senhorita Inamura e de todas as outras mulheres presentes naquela cerimônia.

De repente, a viúva Ota falou.

— Eu também quero ser servida nesse *chawan*, já que bebi em outro na primeira demonstração.

Novamente um motivo para surpresa. Não teria ela de fato noção da situação ou seria apenas uma desavergonhada? Kikuji sentia enorme pena da filha, que se mantinha cabisbaixa.

A senhorita Inamura começou a preparar outra dose de chá para atender ao pedido da viúva. Os olhares de todos se voltaram ao desempenho dela. Felizmente, ela parecia desconhecer a história amaldiçoada daquele Oribe. Seus

---

8. Rikyû (Sen-no-Rikyû, 1521-1591) era um mestre do ritual do chá, fundador do estilo Senkeryu. Viveu na era Azuchi-Momoyama (segunda metade do século XVI), uma das épocas em que a arte em cerâmicas, pinturas em grandes biombos e esculturas mais prosperaram no Japão.

movimentos obedeciam a todos os ensinamentos adquiridos em aula. Eram apurados e despretensiosos. Sua postura ao sentar era impecável, transbordando refinamento e elegância. As folhas das árvores desciam sua sombra sobre a divisória de papel-arroz ao fundo. Sombra esta que também parecia pousar sobre os ombros e as mangas do vistoso quimono. Sob aquela iluminação, até seus cabelos pareciam fulgurar.

Aquele recinto era excessivamente iluminado para uma sala de chá, o que por si só ressaltava a jovialidade daquela moça. Até mesmo o pequeno *fukusa*[9] vermelho, cor muito usada pelas meninas mais novas, assumia em suas mãos o frescor de uma flor desabrochando por entre os dedos. Kikuji podia enxergar pequenos tsurus brancos revoando à sua volta.

Enquanto ele perdia-se em pensamentos, o Oribe chegava às mãos da viúva Ota.

— O verde do chá dentro desse *chawan* escuro me lembra o verde primaveril brotando da terra. — Além desse comentário, a viúva não se atreveu a dizer mais nada. Nem para mencionar que aquele *chawan* havia pertencido a seu falecido marido.

Em seguida foi feita a apreciação dos utensílios cerimoniais, ainda que por mera formalidade. As moças presentes não tinham conhecimento suficiente para discutir o assunto. Apenas ouviam a explicação de Chikako sobre cada peça.

---

9. Pequeno lenço de seda vermelha, de formato quadrado, usado no ritual do chá para limpar utensílios e instrumentos.

O *mizusashi*[10] e o *chashaku*[11] também eram heranças do pai de Kikuji, mas nem ele nem Chikako comentaram a respeito.

As moças começaram a se levantar, encerrando a cerimônia. Kikuji permaneceu sentado enquanto as observava. Foi quando a viúva Ota aproximou-se dele.

— Sinto muito se o constrangi de alguma forma. Imagino o quanto me odeia, mas eu não consegui conter a alegria de revê-lo.

— Sei...

— Tornou-se um homem distinto. — Parecia que lágrimas estavam prestes a rolar de seus olhos. — Sim, sim, não posso me esquecer de sua mãe... Eu até pensei em ir ao funeral dela, mas não pude...

Kikuji franziu a testa.

— Primeiro seu pai e, logo depois, sua mãe... Deve se sentir só...

— É...

— Já vai embora?

— Não, penso em ficar mais um pouco...

— Eu gostaria muito que pudéssemos conversar um dia desses.

— Pode vir aqui, senhor Kikuji? — era Chikako chamando-o da outra sala.

A viúva Ota levantou-se com pesar. A filha já a aguardava no quintal, seus olhos implorando para que fossem embora. As duas acenaram com a cabeça e partiram.

---

10. Vasilha onde se mantém a água usada para toda a cerimônia do chá.
11. Colher fina e comprida para dosar a quantidade de pó de chá. *Hishaku* ou simplesmente *shaku* é um tipo de concha para servir a água do chá.

Na outra sala, Kikuji encontrou Chikako e mais duas ou três discípulas a arrumar tudo, auxiliadas pela criada do templo.

— O que queria a senhora Ota?

— Nada de importante.

— Tenha cuidado com essa mulher. Ela sempre se faz de vítima, como se não tivesse culpa de nada, mas ninguém faz ideia do que se passa na sua mente.

— Mas vejo que a tem convidado para suas cerimônias do chá, não? Desde quando? — Kikuji embutiu uma boa dose de sarcasmo na pergunta, mas sentiu-se impelido a sair para o pátio, como se estivesse fugindo do veneno que saturava o ambiente.

Chikako foi ao encalço dele.

— Que tal? Gostou da jovem?

— É uma bela moça, mas eu confesso que gostaria de tê-la encontrado em outro lugar, longe da senhora, da viúva Ota, do fantasma de meu pai...

— Você se importa com isso? Sabe muito bem que ela não tem nada a ver com a senhora Ota.

— Eu achei injusto com ela.

— Injusto por quê? Se ficou descontente com a presença da viúva hoje, peço-lhe desculpas. Mas fique sabendo que não fui eu quem a convidou. E tente deixar a senhorita Inamura fora disso.

— De qualquer maneira, por hoje chega! — disse ele, e parou de andar. Se Kikuji continuasse a dar atenção a Chikako, ela não o deixaria em paz.

Ao ficar só, avistou os botões de azaleia que brotavam no sopé da montanha. Foi o momento de respirar fundo.

Ele ainda se sentia culpado por ter aceitado o convite de Chikako, mas a moça do lenço de tsurus havia lhe causado uma ótima impressão. Graças a ela, talvez, Kikuji não estivesse tão incomodado por deparar com duas das amantes de seu pai ao mesmo tempo.

De repente, lembrou-se de sua mãe. Pareceu-lhe algo muito injusto ela estar morta e enterrada, enquanto as duas mulheres permaneciam vivas, discorrendo sobre a saudade que sentiam de seu pai. Certa dose de raiva começava a brotar nele. Em momentos como aquele, o que lhe vinha à mente era aquela mancha horrorosa no seio de Chikako.

Kikuji continuou a caminhar devagar. Tirou o chapéu da cabeça, sem se importar com o vento do entardecer que começava a cortar as folhas verdejantes. Foi quando avistou a viúva Ota ao longe, de pé, à sombra do portão.

Instintivamente, procurou ao seu redor um caminho por onde escapar. Se subisse pelo morro pouco íngreme que se estendia ao lado, evitaria passar por ela. No entanto, resolveu seguir direto, rumo ao portão. Sentia os músculos de seu rosto retesados.

A viúva, ao vê-lo, correu ao seu encontro. Sua face estava corada.

— Estava à sua espera. Precisava muito falar com você. Pode me achar atrevida, mas não suportaria ir embora daquele jeito... Além do mais, se deixasse passar a oportunidade, não sei quando nos veríamos de novo.

— E sua filha?

— Mandei Fumiko ir embora. Ela estava com uma amiga.

— E ela sabe que ficou para me esperar? — Kikuji não acreditava.

— Sim — respondeu a viúva, encarando-o.

— Acredito que ela não estivesse gostando nada da situação. Mesmo lá na cerimônia, era evidente que não queria me ver. Fiquei penalizado ao perceber o constrangimento dela.

Kikuji procurou falar da forma mais franca possível, porém amenizando as palavras.

— Deve ter sido duro para ela ter de encará-lo.

— Pudera. Imagino o quanto a presença do meu pai deve tê-la feito sofrer — "assim como eu sofri com a sua", era o que Kikuji queria dizer.

— Não é nada disso. Seu pai tratava Fumiko muito bem. Eu poderia contar muitas histórias a esse respeito caso tivéssemos tempo para isso. Desde o começo, ele foi bom com a minha filha. Quem não se abria para o relacionamento era ela, o que só foi mudar por volta do fim da guerra[12], quando os bombardeios começaram a ficar pesados. Não sei o que deu nela, mas seu comportamento mudou da noite para o dia. Começou a dedicar mais atenção ao seu pai. Lógico, na medida do possível a uma criança. Eram gestos singelos, como ir comprar peixe ou frango para servir a ele no jantar. Para fazer isso, porém, ela teve de passar por situações perigosas. Um dia, chegou a ir muito longe para comprar arroz, bem no meio de um ataque aéreo... Essa mudança repentina surpreendeu ao seu pai, e a mim também. Era algo tão carinhoso, tão tocante... Por outro lado, fazia-me sentir muito consternada, como se estivesse sendo censurada...

Ocorreu a Kikuji que talvez ele e sua mãe também tivessem sido beneficiados, de algum modo, por tal dedicação da

---

12. A personagem refere-se ao término da Segunda Guerra Mundial.

filha da viúva. Naquela época, seu pai por vezes levava para casa alguns presentes inesperados. Quem sabe fizessem parte dos agrados da menina que se arriscava por ele.

— Até hoje eu não sei por que minha filha mudou tão de repente. Desconfio que tenha sido efeito daquela época de guerra. Não sabíamos se viveríamos ou morreríamos no minuto seguinte. Ela deve ter ficado com pena de mim e passou a fazer de tudo para agradar seu pai.

A garota convivia diariamente com a imagem de sua mãe agarrada à frágil promessa de amor daquele homem, em meio àquela deprimente época de derrota. Para fugir da dura realidade do dia a dia, deve ter abandonado as lembranças do falecido pai para viver a realidade da mãe.

— Notou o anel no dedo de Fumiko?

— Não.

— Foi seu pai quem deu a ela. Toda vez que o alarme soava, ele ia embora correndo para sua casa. Nessas horas, Fumiko teimava em acompanhá-lo, temendo que algo acontecesse com ele no trajeto. Certa vez, os dois saíram e ela não voltou para casa. Eu sabia que, se fosse preciso, ele a acolheria em sua casa, mas minha preocupação era que os dois fossem mortos no caminho. Ela só retornou no dia seguinte. Havia deixado seu pai no portão de casa e passado a noite em um abrigo antiaéreo. Quando depois ele veio nos ver, trouxe-lhe o anel de presente, como forma de agradecimento. Tenho certeza de que ela ficou constrangida em lhe mostrar.

O que ouvia lhe dava náuseas. Ela parecia esperar a compaixão dele ao dizer aquelas coisas, e isso o assombrava. Embora não conseguisse odiar ou desprezar a viúva, havia algo de caloroso naquela mulher que o desarmava.

Kikuji começava a entender a razão do empenho de Fumiko para com o seu pai, uma forma de proteger a mãe, ainda que fosse incapaz de fazê-lo.

A viúva falava de sua filha, mas, aos ouvidos de Kikuji, soava como uma exaltação de seu próprio amor pelo amante. Ela parecia não se conter, excitava-se em proclamar aos quatro ventos aquele amor que enchia o seu peito. Por pouco, não distinguia Kikuji de seu pai. E dirigia-lhe as palavras de forma saudosa, como se estivesse diante do falecido.

A indisposição contra a senhora Ota, sentimento que compartilhava com sua mãe, se não desaparecera por completo, parecia murchar diante da atitude da viúva. Se ele se descuidasse, seria possuído pelo espírito de seu pai, o homem que fora de fato amado por aquela mulher. Podia até jurar ser um velho conhecido dela.

Kikuji começava a entender as razões que haviam levado o pai a manter com ela um caso até o fim de sua vida. Pensou quão fácil deveria ter sido para ele romper com a amante de seio manchado. Mas também entendia as razões pelas quais Chikako tratava a viúva com tanto desdém. O mesmo tipo de crueldade despontava no coração dele, levando-o a imaginar como seria fácil atingi-la emocionalmente.

— Vem muito aos eventos da Kurimoto?[13] Em outros tempos, eu achava que vocês não se davam bem... — insinuou Kikuji.

— Após o falecimento de seu pai, recebi uma carta dela me convidando para um de seus eventos. Estava me sentindo abandonada, com muita saudade dele, então... — disse prostrada.

---

13. Chamar alguém apenas pelo sobrenome demonstra certo grau de intimidade e superioridade em relação à pessoa.

— Sua filha a acompanha sempre?

— Contra sua vontade. Mas Fumiko é, de fato, uma companheira.

Os dois já haviam atravessado os trilhos, passado pela estação de Kita-Kamakura e caminhavam em direção às montanhas do lado oposto ao templo Engakuji.

4

Se não estava enganado, a viúva Ota tinha cerca de 45 anos, vinte a mais que ele, Kikuji. Contudo, ela o fazia esquecer a diferença de idade. Sentia-se como se tivesse se deitado com uma mulher mais jovem.

Seria correto dizer que fora a experiência dela que o levou ao clímax, mas, em nenhum momento, ele se sentira desvalorizado por ser um homem solteiro e menos vivido.

Da mesma forma que presenciava pela primeira vez o prazer feminino, redescobria o próprio. Surpreendeu-se com o despertar do homem que havia nele. Nunca tinha imaginado que uma mulher pudesse ser tão suavemente receptiva. Uma submissão sedutora, uma obediência sem deixar de instigar, uma receptividade que o sufocava em cálido aroma.

Para um solteiro como ele, os momentos que sucediam o ato sexual tendiam a ser aborrecedores. Na maioria das vezes, Kikuji era tomado pela vontade ríspida de afastar a parceira de junto dele. Daquela vez, contudo, sentia um doce aconchego. Pela primeira vez em sua vida, apreciava ter uma mulher aninhada em seu peito, sem dizer palavra alguma. Ele não sabia que o prazer de uma mulher podia ser assim incessante, como a suave ondulação das águas do oceano. Descansando o corpo no vai e vem daquelas ondas, Kikuji sentia uma satisfação semelhante a de um dominador, cujos pés são lavados por seu escravo.

Por outro lado, havia também certo aconchego maternal.

— Sabia que Kurimoto tem uma enorme mancha bem aqui? — comentou Kikuji encolhendo o pescoço.

Só depois que a frase saiu de sua boca, percebeu o quão desagradável era aquele assunto. Não sentiu tanta culpa, porém. Talvez porque estivesse com a mente inebriada.

— Ela pega todo o seio, daqui até aqui, assim... — explicou com as mãos tocando a pele da mulher.

Havia algo nele que o fazia dizer aquelas coisas. Uma vontade de se rebelar, de ferir alguém, um sentimento inquietante. Quem sabe para disfarçar a vergonha de seu fetiche em ver tal mácula.

— Ai! Pare. Que horror! — A viúva se cobriu de leve, mas parecia não ter entendido o sentido daquela pergunta. — Não sabia disso. Se nunca vi, deve ser porque está escondida por debaixo da roupa, não? — comentou com indiferença.

— Dá para ver sim.

— Como?

— Veja: se ela começar aqui, dá para ver.

— Como é maldoso. Está tentando encontrar alguma mancha em mim também?

— Não é isso. Mas, se a tivesse, como se sentiria numa hora dessas?

— Com uma mancha bem aqui? — indagou, olhando em direção ao seio. — Por que me pergunta isso? Não tem nada a ver conosco.

O veneno que lançava parecia não surtir efeito sobre a viúva, mas começava a intoxicar a si mesmo.

— Tem a ver, sim. Eu vi a mácula apenas uma vez, quando tinha oito ou nove anos de idade, e até hoje a imagem me persegue.

— Por quê?

— Será que sua vida também não sofreu a influência dessa mácula? Lembra-se de quando Chikako ia à sua casa para lhe atormentar, como se tivesse ido até lá a fim de brigar por mim e pela minha mãe?

A viúva assentiu com a cabeça e afastou-se um pouco. Kikuji segurou-a com força.

— Toda a maldade dela provinha do complexo de inferioridade que sentia por causa daquela mancha.

— Que coisa horrível de se dizer!

— Parte dela talvez quisesse se vingar de meu pai.

— Vingar-se de quê?

— Da humilhação de ter sido abandonada. Quem sabe não foi por conta da mancha?

— Vamos parar de falar sobre isso. Não quero nem pensar!

Pelo visto, a viúva não estava disposta a fazer sua imaginação funcionar àquele respeito.

— A senhora Kurimoto parece agora viver em paz, sem ser atormentada pela mancha ou coisa parecida. Devem ser águas passadas.

— E águas passadas não deixam marcas? — retrucou Kikuji.

— Algumas marcas tornam-se doces lembranças — respondeu ela, como se sonhasse acordada.

Na exaltação, Kikuji acabou revelando até mesmo aquilo que havia prometido não dizer.

— Sabe aquela moça que estava ao seu lado na cerimônia?
— Sim, a senhorita Yukiko, filha da senhora Inamura.
— Kurimoto só me chamou hoje para que eu a conhecesse.
— Oh! — a viúva arregalou os olhos e encarou Kikuji.
— Então era um *miai*?[14] Eu não havia percebido!
— Não foi bem isso.
— Como podemos, nós aqui, na volta de um *miai*... — Um fio de lágrima escorreu do olho da mulher, indo cair no travesseiro, e seu ombro começou a tremer. — Que horror! Que horror! Por que não me disse nada?! — Ela chorava copiosamente, com o rosto coberto.

Uma reação inesperada para Kikuji.

— Se o que fizemos aqui foi errado ou não, isso eu não sei, mas independe da possibilidade de ter ocorrido um *miai*. Uma coisa não tem nada a ver com a outra. — Ele estava sendo sincero.

Enquanto falava, a imagem da jovem senhorita Inamura fazendo sua demonstração voltou-lhe à mente. Também o lenço rosa com estampa de tsurus brancos. Sentiu asco do corpo trêmulo da viúva que chorava.

— Ah! Que horror. Que mulher má e impura eu sou! — E seu ombro carnudo tremia mais ainda.

Se eles se arrependessem do que acabaram de fazer, por certo Kikuji se sentiria um ser repulsivo também. Independentemente de ter sido depois de seu *miai* ou não, tratava-se da ex-amante de seu pai. Entretanto, até aquele momento,

---

14. Encontro arranjado entre um homem e uma mulher, no qual eles são apresentados formalmente como pretendentes à união pelo casamento.

Kikuji não se arrependia de nada, muito menos achava a situação repugnante.

Nem sabia como aquilo tinha acontecido. Fora tudo muito natural. No entanto, ouvindo-a lamentar-se, parecia ter sido ela quem o seduzira, o que não era verdade. Certamente a viúva não tinha a menor intenção de seduzi-lo, e ele não se sentia vitimado pela sedução. Não houvera nenhum tipo de resistência, por parte dele ou dela, ou seja, nenhuma sombra de questionamento moral entre ambos.

Os dois entraram numa hospedaria localizada no morro do lado oposto ao do templo Engakuji, a pretexto de jantar. A viúva continuava a falar do pai de Kikuji. É bem verdade que ele não tinha nenhuma obrigação de ouvir tudo aquilo. Aliás, era até estranho permanecer ali, ouvindo a amante de seu pai discorrer sobre ele com tanta saudade, mas nada disso parecia perturbá-la.

À medida que a ouvia, crescia sua simpatia por ela. Uma suave bruma de carinho o envolvia. Chegou até mesmo a pensar que seu pai tivesse sido feliz.

Esse foi o erro de Kikuji. Perdera o momento certo de se afastar da mulher, e acabou entregando-se àquele doce remanso.

Contudo, em seu coração uma sombra escura permanecia à espreita. Talvez tenha sido esse lado sombrio que o fizera trazer à tona o assunto de Chikako e da senhorita Inamura, sabendo que seria como destilar veneno sobre a viúva.

Sua maldade fora mais do que eficaz, mas não podia se arrepender dela. Caso o fizesse, admitiria quão condenável havia sido sua conduta. Brotava-lhe também um sentimento de autorrepugnância, reprovando seu ímpeto de ser cada vez mais perverso com aquela mulher.

— Vamos esquecer tudo. Nada disso tem importância — sentenciou a viúva. — Nunca deveria ter acontecido.

— Sua intenção era apenas a de relembrar meu pai, não?

— O quê? — exclamou, encarando-o surpresa. Suas pálpebras estavam vermelhas porque chorava com o rosto afundado no travesseiro. No branco levemente manchado de seus olhos arregalados, Kikuji não deixou de notar um resquício de languidez feminina.

— Não o condeno por achar isso de mim. Mas ninguém me entende...

— Deixe disso! — De súbito, Kikuji abriu-lhe a veste, fazendo com que seus seios ficassem à mostra. — É possível que eu não a esquecesse se tivesse uma mancha bem aqui. Ficaria gravada na minha memória... — Ele mesmo se surpreendeu com o que acabara de dizer.

— Oh, não. Não me olhe desse modo! Meu corpo não é mais tão jovem...

Kikuji abriu um leve sorriso, aproximando-se dela. Aquelas ondas femininas voltaram sinuosas. Assim, ele pôde dormir tranquilo.

Ainda sonolento, ouviu o gorjear matinal dos pássaros. Parecia-lhe ser a primeira vez que acordava com a melodia entoada por eles. O orvalho da manhã molhava as folhas verdejantes das árvores, e Kikuji sentia como se os recônditos de sua mente também tivessem sido lavados. Nenhum pensamento lhe brotava.

A viúva dormia de costas para ele.

"Quando ela teria se virado para o outro lado?", pensou Kikuji, e apoiou-se no cotovelo para dar uma olhada em seu rosto, sob a tênue iluminação do quarto.

5

Passados quinze dias daquela cerimônia do chá, Kikuji recebeu a visita da filha da viúva Ota.

Depois de acomodá-la na sala de visitas, encarregou-se pessoalmente de preparar algo para servir. Tentava acalmar as batidas de seu coração. Abriu os armários, dispôs alguns doces no prato, enquanto imaginava se a moça teria ido sozinha ou se a mãe estaria esperando-a no portão, sentindo vergonha de entrar.

A jovem levantou-se da cadeira tão logo ele abriu a porta. Chamou-lhe a atenção seu rosto cabisbaixo e a boca cerrada, com aquele carnudo lábio inferior.

— Desculpe a demora.

Kikuji passou por detrás dela, com o intuito de abrir a porta de vidro que dava para o quintal. Veio-lhe o suave aroma das peônias brancas dispostas no vaso sobre a mesa. A moça curvou-se de leve como se lhe desse passagem.

— Sente-se — ofereceu Kikuji, enquanto tomava seu próprio assento.

Sentiu-se estranhamente recomposto ao vislumbrar a imagem da viúva na face daquela jovem.

— Sinto muito pela falta de educação de vir assim, de repente, à sua casa — desculpou-se a jovem, sem erguer a cabeça.

— Não se incomode. Fico apenas surpreso que tenha meu endereço.

— Bem...

Kikuji então se lembrou. A jovem já havia acompanhado seu pai até o portão daquela casa. Ela ainda era uma criança, e fora em meio a violento ataque aéreo. Foi o que a viúva lhe contara no pátio do Engakuji. Ele até cogitou comentar o fato, mas julgou melhor não fazê-lo.

Em vez disso, pôs-se a observá-la. Aos poucos, vinha-lhe o calor da pele da viúva Ota. Uma cálida sensação de mergulho em águas mornas. Também se lembrou da suavidade com que aquela mulher se rendera a ele e da sensação de segurança que lhe proporcionara.

Tal sensação o levava a baixar as cautelas que tinha para com a jovem sentada diante dele, mas ainda não se sentia suficientemente à vontade para fitá-la nos olhos.

— Eu... — a moça iniciou a frase levantando o rosto — vim pedir-lhe uma coisa que diz respeito à minha mãe.

Kikuji quase engasgou.

— Gostaria que a perdoasse.

— Como? Perdoar por quê? — Apesar de fingir surpresa, pôde perceber que a viúva já havia revelado à filha algo sobre a relação deles. — Se alguém precisa ser perdoado aqui, esse seria eu.

— Também há o assunto de seu pai.

— Digo o mesmo sobre isso. Se há alguém que precisa pedir perdão, esse seria meu pai. Além disso, minha mãe já morreu. Significa que quem teria de perdoar já não está entre nós.

— Fico pensando se não foi culpa da minha mãe o fato de seu pai ter morrido tão cedo. Mesmo sua mãe... Fiz questão de dizer isso a ela.

— Está imaginando coisas. Coitada da sua mãe.

— Teria sido melhor se ela tivesse morrido antes deles.

A jovem parecia realmente atormentada pela vergonha.

Ela se referia ao que ocorrera entre os dois — foi o que Kikuji depreendeu do que ela dissera. Aquele ato devia ter envergonhado e ferido sobremaneira os sentimentos daquela moça.

— Poderia perdoar a minha mãe? — perguntou ela com voz de apelo.

— A questão não é perdoar ou deixar de fazê-lo. Na verdade, sou até grato a ela. — Kikuji resolveu também ser claro.

— É tudo culpa da minha mãe, que não passa de uma mulher fraca. Peço que não se envolva mais com ela. Nem a atenda, por favor — a jovem falava rapidamente, mas tinha a voz trêmula. — Por favor!

Só então Kikuji compreendeu o significado do pedido de perdão da jovem. Seu verdadeiro desejo era que ele deixasse de procurar sua mãe.

— Nem telefone mais para ela...

Corava à medida que pronunciava aquelas palavras. De súbito, ergueu o rosto como se assumisse a vergonha que sentia. Havia lágrimas em seus olhos. Mantinha as grandes pupilas bem abertas, e nelas não havia um pingo de maldade. Apenas suplicavam, desesperadamente.

— Eu compreendi. Sinto muito fazê-la passar por isso.

— Agradeço a sua compreensão. — A vergonha ia tomando cada vez mais o corpo da jovem, tingindo de vermelho até seu longo pescoço de pele alva. Havia um enfeite branco na gola de seu vestido, talvez para ressaltar a beleza do pescoço longilíneo. — Fui eu que impedi minha mãe de ir ao seu encontro, após combinarem por telefone. Ela tentou fazê-lo de qualquer jeito, mas eu a detive — afirmou, com um ar mais tranquilo e a voz menos tensa.

Kikuji telefonara para a viúva três dias após a noite em que estiveram juntos. Ela parecia felicíssima ao telefone, mas não compareceu ao café onde marcaram o encontro. Foi o único contato que fez com a viúva e nunca mais a procurou.

— Cheguei a ficar penalizada por ela depois. Porém, naquela hora, achei tudo tão deplorável que a única coisa que me ocorria era não deixá-la ir. Ela me disse então: "Fumiko, ligue para desmarcar o encontro por mim." Mas não tive coragem de fazê-lo. Ela ficou paralisada, olhando para o telefone, e não parava de chorar. Parecia até que o senhor estava dentro daquele aparelho, esperando por ela. Minha mãe é assim.

Depois de um breve silêncio, Kikuji falou.

— Por que a senhorita foi embora após a cerimônia do chá, mesmo sabendo que sua mãe estaria me esperando?

— Queria que a conhecesse para saber que ela não é uma pessoa tão má assim.

— Sei que ela não é má. Muito pelo contrário.

A jovem desviou o olhar. Por detrás de seu nariz formoso, ele podia entrever seu lábio carnudo. O rosto redondo, de feição doce, lembrava-lhe a mãe.

— Sempre soube que sua mãe tinha uma filha. Algumas vezes, imaginava como seria conversarmos sobre meu pai.

— Cheguei a imaginar o mesmo — concordou.

Kikuji divagava. Como seria bom se pudesse travar tal conversa com a jovem sem que nada tivesse ocorrido entre ele e a viúva.

Entretanto, a verdade era que ele só foi capaz de perdoar de coração a viúva e relevar o caso que ela mantivera com seu pai em razão do que aconteceu entre eles dois. Seria muito contraditório?

A jovem levantou-se de súbito, percebendo que já ficara tempo demais. Kikuji acompanhou-a até o portão.

— Um dia, poderíamos conversar sobre o meu pai, mas também sobre a personalidade excepcional de sua mãe.

Ele sabia tratar-se de uma proposta quase impossível, mas era o que sentia naquele momento.

— Mas você não está para se casar?

— Quem? Eu?

— Sim, foi o que minha mãe comentou. Não participou de um *miai* com a senhorita Yukiko Inamura?

— Não foi bem isso.

A ladeira se descortinava logo na saída do portão. A rua fazia uma curva no meio do caminho, de onde era possível avistar a copa das árvores do quintal de Kikuji.

O comentário da jovem o fez lembrar da moça do lenço de tsurus. Quando a imagem dela começava a tomar-lhe a mente, Fumiko parou e o cumprimentou de longe, despedindo-se.

Kikuji deu a volta e foi subindo a ladeira, no sentido contrário ao da jovem.

Livro Segundo

O pôr do sol no bosque

1

Kikuji encontrava-se no trabalho quando recebeu a ligação de Chikako.

— Pretende voltar direto para casa depois do trabalho?

Até pretendia, contudo perdeu a vontade.

— Não sei...

— Mas hoje precisa voltar. Pelo seu pai. É o dia em que ele costumava realizar a cerimônia anual do chá, recorda-se? Eu me lembrei e não pude resistir.

Kikuji preferiu manter-se calado.

— Enquanto eu limpava a sala de chá... Alô? Está me ouvindo? Enquanto limpava a sala de chá, me deu uma vontade súbita de preparar alguns pratos de comida.

— Onde disse que está?

— Na sua casa. Resolvi vir para cá. Desculpe não ter avisado antes.

Kikuji ficou abismado.

— Assim que me lembrei da data, não pude mais ficar parada em casa. Pensei em limpar sua sala de chá para tentar me acalmar. Sei que deveria ter ligado antes, mas sabia que seria contra.

Depois da morte do pai de Kikuji, a sala de chá tornou-se definitivamente um recinto sem uso em sua casa.

Quando sua mãe ainda vivia, de vez em quando se sentava sozinha ali. Não dispunha carvão no braseiro, mas levava para lá uma chaleira de ferro com água quente. Kikuji não gostava de vê-la naquele recinto. Incomodava-se imaginando que pensamentos teria ela na solidão daquele lugar.

Muitas vezes, sentia-se tentado a espiar o que fazia ela sozinha entre aquelas quatro paredes. Porém nunca o fez. O irônico era que, quando seu pai estava vivo, quem cuidava da sala de chá era Chikako, e não a sua mãe. Era raro vê-la lá dentro.

Depois que ela morreu, Kikuji manteve-a fechada. De vez em quando, a velha criada da casa abria as janelas para ventilar o ambiente.

— Há quanto tempo você não limpa esta sala? Passei pano várias vezes no tatame e nada de ficar limpo. O cheiro de mofo está impregnado.

A voz de Chikako soava cada vez mais inconveniente.

— Enquanto arrumava a sala, veio-me a vontade de cozinhar. Foi uma ideia repentina, por isso não consegui comprar nenhum ingrediente especial. Mas estou dando um jeito. Então, espero que volte direto para casa.

— Como? Estou espantado.

— Seria muito triste ter apenas um convidado. Por que não traz alguns amigos do trabalho?

— Pouco provável. Que eu saiba, nenhum deles pratica a cerimônia do chá.

— Melhor assim. Os preparativos também não são grande coisa. Eles podem vir sem compromisso.

— De jeito nenhum! — recusou categórico.

— Tem certeza? Que pena... Quem poderia chamar, então? Algum antigo colega de chá de seu pai? Lógico que não. Já sei! Vamos convidar a filha da senhora Inamura.

— Está brincando? Pare com isso!

— Por que não? É uma ótima ideia. A família dela está bem interessada naquela história. Seria bom que se encontrassem novamente, assim poderão conversar um pouco mais. Se a convidarmos hoje e ela vier, significará que está interessada também.

— Me recuso. Não quero. — Kikuji começava a se sentir sufocado. — Pode desistir, que eu não voltarei para casa.

— Ah, lógico! Esse não é um assunto para se discutir ao telefone. Conversaremos mais tarde, então. Sendo assim, tente chegar aqui o mais cedo possível.

— "Sendo assim", o quê? O que eu tenho a ver com isso?

— Não tem importância. Sei que não me pediu para fazer nada disso. Faço porque quero.

Apesar da frase resignada, sentiu um cinismo cáustico nas palavras da mulher. No mesmo instante, voltou-lhe à memória a enorme mancha em seu seio. De repente, o som de Chikako varrendo a sala de chá tornou-se o som de uma vassoura arranhando a sua mente, e o pano com que limpava o chão, um esfregão sendo passado no interior de sua cabeça.

Sentiu repulsa. Só depois percebeu o absurdo que era Chikako entrar em sua casa enquanto estava fora, invadindo inclusive a cozinha. O máximo que ela poderia se permitir seria arrumar a sala e colocar algumas flores em memória de seu pai.

Em meio à náusea que experimentava, a imagem de Yukiko despontou como um fio de salvação.

Após a morte de seu pai, Kikuji havia se afastado de Chikako. Estaria ela se utilizando da jovem como pretexto para cercá-lo novamente? Era o que Kikuji se perguntava.

Como de costume, o telefonema de Chikako poderia ser interpretado como típico de sua personalidade extrovertida, que desarmava o interlocutor mesmo a contragosto. Por outro lado, o jeito dela também soava intromedito e ameaçador.

E assim lhe parecia porque ele mesmo sentia-se vulnerável, pensou Kikuji. Como havia receio de sua parte, não se encontrava à vontade para manifestar sua raiva com aquele telefonema inoportuno de Chikako.

Ela, por sua vez, sentia-se à vontade para ultrapassar os limites porque acreditava ter Kikuji em suas mãos.

No final do expediente, ele seguiu para Ginza e sentou-se em um dos muitos bares apertados lá existentes. Sabia que em certa hora teria de voltar para casa, exatamente como Chikako queria, mas ainda sentia seu coração pesado pela culpa.

Não havia como Chikako ter descoberto sobre a noite que passara com a viúva Ota, quando se hospedaram em Kita-Kamakura, após a cerimônia do chá em Engakuji. Mas será que elas se encontraram depois daquilo? Permanecia-lhe a dúvida.

Parecia haver algo mais do que a arrogância natural de Chikako naquela atitude intrometida, julgou Kikuji. Talvez ela tentasse, à sua moda, dar encaminhamento ao assunto da jovem.

Kikuji não conseguiu relaxar no bar e tomou o trem de volta para casa.

Da janela do trem, avistava uma larga avenida com altas árvores que despontava logo após a estação Yurakucho e se estendia até a estação de Tóquio, cruzando de leste a oeste a linha do trem. Naquele momento, o asfalto refletia o pôr do sol tal qual um cinturão de metal radiante. Contudo, as árvores estavam à contraluz e apenas insinuavam-se suas silhuetas. As sombras pareciam frescas. Os galhos se expandiam para todos os lados, cobertos de folhas. Em ambas as calçadas, havia sólidas mansões de estilo ocidental.

Estranhamente, poucas pessoas passavam por ali. Não havia vivalma até bem próximo ao fosso do Palácio Imperial. Nem carros havia no asfalto que refletia a luminosidade.

Observando de dentro daquele trem lotado, o lugar parecia estar suspenso no entardecer de algum mundo além da imaginação. Havia uma atmosfera estrangeira em tudo.

Kikuji teve a ilusão de ter visto Yukiko caminhando à sombra das árvores, com aquele lenço na mão. Podia ver nitidamente os tsurus brancos sobre o fundo rosa envoltos nos braços da jovem.

Sentiu-se revigorado. Subiu-lhe um frio na barriga, ela poderia estar entrando em sua casa naquele exato momento.

Ao telefone, Chikako dissera a Kikuji para levar alguns amigos com ele. Diante de sua recusa, viera com a ideia de convidar a moça. Qual seria a intenção dela, afinal? Pretendia chamá-la, desde o início? Kikuji absolutamente não a entendia.

Mal abriu a porta de casa, e Chikako foi correndo recebê-lo.
— Está sozinho?
Kikuji assentiu com a cabeça.

— Ah, que bom, melhor assim. Ela veio. Chikako aproximou-se dele fazendo gesto de quem pede o chapéu e a pasta para guardar. — Pelo visto, resolveu parar antes em algum lugar.

"Estaria cheirando a bebida?", perguntou-se Kikuji.

— Por onde andou? Telefonei mais uma vez para seu escritório e me disseram que já havia saído. Sei muito bem o tempo que leva para chegar até aqui.

— Sua insistência me assombra.

Nenhuma palavra de desculpa veio dela pela invasão da casa, por ali estar sem ter sido convidada.

Ela o seguiu até o quarto, provavelmente com a intenção de ajudá-lo a se vestir. A criada havia separado um quimono para ele.

— Pode deixar. Com licença, vou me trocar — disse, já tirando o paletó e fechando a porta do quarto de vestir. Acabou se trocando ali dentro.

Quando saiu, encontrou Chikako sentada, esperando por ele.

— Sabe se virar bem...

— Lógico.

— Mas não acha que está na hora de dar um fim a essa vida de solteiro?

— Não tive um bom exemplo paterno.

Chikako fitou-o. Ela usava um avental emprestado pela criada. Na verdade, um avental de sua mãe. As mangas estavam arregaçadas.

Do punho para cima, o braço dela era branco e carnudo. Na parte interna do cotovelo viam-se alguns feixes de veias. Kikuji não imaginava que seu braço fosse assim. Sua carne parecia firme e encorpada.

— Concorda que seja na sala de chá? Por enquanto, a deixei esperando na sala de estar — indagou Chikako com certa formalidade.

— Não sei. É provável que a lâmpada esteja queimada. Nunca vi ninguém acendendo a luz por lá.

— Usaremos velas, então. Criaremos um clima romântico.

— Não gostei dessa ideia.

De repente, ela se lembrou de algo.

— Ah, eu precisava falar uma coisa antes. Quando liguei para convidá-la, a senhorita Inamura me perguntou se a mãe dela deveria vir junto. Respondi que seria um prazer receber as duas, mas infelizmente a senhora tinha um compromisso e a filha acabou vindo sozinha.

— Infelizmente, que nada! Sabia muito bem que ela não viria. Ligar de repente convidando alguém para algo desse tipo é, no mínimo, uma falta de educação.

— Sei disso. Mas o importante é que a moça veio. A vinda dela automaticamente me absolve de meus maus modos.

— Como assim?

— É lógico. Pense bem. O fato de ela ter aceitado o convite de hoje significa que não descarta a possibilidade de casamento. Não importa os caminhos que nos levam até lá. Depois de casados, poderão rir, lembrando-se das excentricidades de Chikako. O que é para ser, será, segundo a minha experiência.

Chikako falava como se soubesse tudo o que se passava na mente de Kikuji.

— Falou em casamento com ela?

— Sim, há pouco. — "Agora é a sua vez", era o que Chikako insinuava.

Kikuji levantou-se e seguiu para a sala de estar, passando pelo corredor. Havia uma grande árvore de romã no quintal. Parou por uns instantes diante dela, tentando se acalmar. Não queria demonstrar nenhum sinal de descontentamento para com a jovem.

A sombra escura da romãzeira o fez lembrar uma vez mais da mancha de Chikako. Sacudiu a cabeça como se quisesse espantar o pensamento. As pedras que ornamentavam o quintal ainda recebiam os tênues raios de sol do entardecer.

A porta da sala estava escancarada, sendo possível avistar a jovem sentada próximo à entrada. A suave luminosidade de seu corpo parecia alcançar a parede do fundo daquele recinto escuro. Uma flor-de-íris disposta num vaso baixo enfeitava o *toko*.

O *obi* da jovem também trazia a figura de um lírio. Poderia ser uma coincidência, talvez não, já que ambas eram flores da estação.

A flor que ornava o *toko* não era um lírio, mas a longilínea íris. Por isso, o arranjo alto de praxe. Pelo frescor das pétalas, podia-se notar que Chikako tinha acabado de fazê-lo.

2

O dia seguinte, um domingo, amanheceu chuvoso.

À tarde, Kikuji encaminhou-se à sala de chá a fim de recolocar em seus lugares os utensílios usados na noite anterior, que ficaram espalhados. Procurava também sentir a fragrância de Yukiko, rememorar os momentos ali passados com ela.

Pediu à criada que lhe trouxesse um guarda-chuva. Quando pôs os pés no passadiço do quintal, reparou que havia um rombo na calha, próximo à romãzeira. A água da chuva escapava por ali e caía com força.

— Precisamos dar um jeito nisso — disse para a criada.
— É verdade.

Era por esse motivo que o barulho de água caindo incomodava tanto seu sono nas noites de chuva.

— Mas sempre que começamos a fazer reparos, não tem fim. Penso se não seria melhor vender a casa antes que tudo comece a ruir.

— Hoje em dia, todos os proprietários de casas grandes dizem a mesma coisa. Mas a senhorita que veio ontem estava admirada com o tamanho da casa. Parecia imaginar como seria morar aqui. — "Por isso, não venda", era o que a criada queria dizer.

— Mestra Kurimoto insinuou-lhe algo?

— Sim. A moça mal havia chegado e a mestra começou a mostrar-lhe todos os cantos da casa.

— Hum... É impressionante.

A jovem nada comentara a esse respeito. Para Kikuji, Yukiko havia estado somente na sala de estar e na de chá, recintos que ele planejava revisitar naquele dia.

Na noite anterior, sequer chegou a dormir direito. Acordou no meio da noite com enorme desejo de retornar à sala de chá, apenas para se certificar de que o perfume da jovem ainda permanecia no ambiente.

Ela não estava ao seu alcance. Tivera de se convencer disso para conseguir pegar no sono.

E naquele momento vinha ao seu conhecimento que o ser inatingível passeara por todos os cantos de sua casa, arrastada por Chikako. O que foi uma surpresa para ele.

Kikuji pediu carvão à criada e seguiu para a sala de chá, caminhando pelo passadiço. Ela já havia arrumado o local na noite anterior. Chikako tinha ido embora com Yukiko, pois ainda iam retornar a Kita-Kamakura. Ele só precisava então guardar os utensílios provisoriamente deixados no canto da sala, mas não conhecia muito bem o lugar apropriado de cada um deles.

— Chikako sabe melhor do que eu — murmurou ele, admirando o *kasen-e*[15] pendurado no *toko*. Era uma peça de Hokkyo Sôtatsu[16], uma aguada suave com fino traçado de tinta sumi.

---

15. É como se chamam os retratos de poetas notórios, geralmente feitos em tinta sumi, com um de seus poemas mais famosos reproduzidos no canto. Os *kasen-e* mais conhecidos são os dos 36 poetas escolhidos por Fujiwara no Kintô, também poeta.

16. Pintor de fins do período Momoyama e início da era Edo (por volta de 1600), mais conhecido pelo pseudônimo de Tawaraya.

Na noite anterior, quando Yukiko perguntou-lhe quem era o poeta do retrato, Kikuji não soubera responder.

— Infelizmente, não sei. Sem um poema no canto do retrato, fica difícil descobrir. Esses poetas vestem-se todos iguais.

— Creio que seja o poeta Muneyuki[17] — opinou Chikako. — Se me lembro bem, o poema era: "Quando chega a época/ até o verde dos pinheiros/ tão constante sempre/ na primavera ganha/ mais uma imersão de viva cor."[18] Está um pouco fora de estação, mas seu pai gostava muito de colocá-lo na parede quando chegava a primavera.

— Muneyuki ou Tsurayuki[19], não dá para diferenciá-los pelo retrato — retrucou Kikuji.

Naquela manhã, ele ainda não sabia distingui-los. Ambos possuíam rostos que irradiavam generosidade. Apesar de aquele desenho ser pequeno e de poucas linhas, a personalidade retratada parecia magnânima. Depois de um tempo observando-o, do retrato começava a emanar algo puro e suave.

O que ele realmente via, porém, tanto no *kasen-e* como na flor-de-íris que enfeitava a sala, era a imagem de Yukiko.

A criada chegou trazendo o carvão e uma chaleira de água.

— Desculpe a demora, senhor. Deixei ferver a água. Achei melhor que fervesse bem antes de trazer para cá.

Kikuji só queria um pouco de fogo para aquecer a sala ligeiramente úmida. Não tinha a menor intenção de preparar um chá. A criada deve tê-lo compreendido mal quando

---

17. Minamoto Muneyuki, um dos 36 poetas.
18. Tradução de Madalena Hashimoto Cordaro.
19. Kino Tsurayuki, outro dos 36 poetas.

solicitara o carvão, e acabou fazendo aquela gentileza sem necessidade. Amontoou o carvão de forma displicente e pôs a chaleira no braseiro.

Estava acostumado às cerimônias do chá pelo fato de ter acompanhado muitas vezes seu pai, mas nunca se interessara em prepará-las ele mesmo. Seu pai também não insistira para que aprendesse.

Ao notar que a água começava a ferver, apenas deslocou a tampa da chaleira e continuou sentado, distraído. Podia sentir um leve cheiro de mofo e o tatame um pouco úmido.

A cor clara da parede, que no dia anterior ressaltava a beleza de Yukiko, naquele momento parecia-lhe sombria. Quando viu a jovem de quimono, teve a impressão de que ela havia deixado às pressas seu vestuário comum.

— Lamento pelo convite tão repentino. Deve ter atrapalhado sua rotina. A ideia de usar a sala de chá também veio de Kurimoto... — desculpou-se Kikuji.

— A mestra disse que hoje é o dia que seu pai costumava realizar a cerimônia de chá.

— Parece que sim. Eu já havia me esquecido por completo. Nem sequer tinha pensado nisso.

— Chamar uma principiante como eu, em um dia tão importante, só pode ser ironia da mestra. É que eu ando faltando muito às aulas.

— Ela também só se lembrou hoje de manhã e veio correndo arrumar a sala de chá. Ainda é possível sentir o cheiro de mofo... — Kikuji hesitou, mas viu-se obrigado a dizer: — Se era para conhecermo-nos, preferia que tivesse sido por intermédio de outra pessoa que não Kurimoto. A senhorita merecia que fosse de outra forma.

A jovem olhou com estranheza para Kikuji.

— Por que diz isso? Se não fosse a mestra, não teríamos mais ninguém para nos apresentar.

A retórica foi simples, mas certeira. De fato, se não houvesse a intromissão de Chikako, os dois jamais teriam se encontrado naquela vida. Kikuji sentiu como se um chicote radiante de luz lhe tivesse acertado diretamente a face.

Por outro lado, a forma como a jovem falava sugeria-lhe consentimento ao projeto matrimonial. Pelo menos era o que julgava. Por isso sentia o olhar intrigado dela como um raio de luz.

O que ela teria pensado dele quando ele se referiu a Chikako simplesmente como "Kurimoto"? Saberia ela que a mestra havia sido amante de seu pai, ainda que por um breve período?

— Não tenho boas lembranças da Kurimoto — a voz de Kikuji quase tremeu. — Não quero aquela mulher controlando meu destino. Não quero acreditar que a senhorita me foi apresentada por ela.

Foi quando Chikako chegou com a bandeja, e o assunto foi interrompido.

— Vou acompanhá-los.

Ao sentar, Chikako inclinou-se levemente para a frente, como se recuperasse o fôlego, e aproveitou para reparar na jovem.

— É um pouco triste ter apenas uma convidada, mas tenho certeza de que o falecido senhor Mitani estaria feliz com a sua presença.

— Mas nem mesmo sou digna de estar na cerimônia do mestre Mitani. — A jovem foi sinceramente modesta, abaixando o olhar.

Chikako não lhe deu muita atenção e continuou a falar. Discorria sobre como a sala de chá era usada quando o pai de Kikuji ainda estava vivo.

Chikako dava por certa a união dos dois. Era pelo menos o que ele sentia.

— Por que não vai visitá-la um dia desses, Kikuji? Combinaremos a data depois — disparou ela, enquanto os três se despediam.

A jovem assentiu com a cabeça e quis dizer alguma coisa, mas não o fez. Um acanhamento instintivo repentinamente pareceu apossar-se dela. Uma reação pela qual Kikuji não esperava. Sentiu-se arrebatado pela calidez da jovem, como se experimentasse a temperatura do corpo dela.

Apesar disso, ele ainda se via envolto em um véu negro e medonho. Um véu do qual não conseguia se livrar.

A impureza de intenções não estava apenas em Chikako, que os havia apresentado, mas também nele. Kikuji ainda devaneava sobre seu pai, com os dentes todos sujos, mordiscando a mancha do seio daquela mulher. Tal imagem o perseguia. Naquele momento, engolia-o.

A jovem, por sua vez, não se importava de modo algum com a mestra. Já Kikuji encontrava-se completamente obcecado por Chikako. Se esse não era o único motivo de sua covardia e hesitação, tinha um grande peso em sua atitude.

Ele não estava sendo sincero quando demonstrava repugnância por Chikako, nem mesmo era autêntica sua indignação por estar sendo pressionado a casar-se com Yukiko. E Chikako prestava-se a esse papel, era fácil usá-la como subterfúgio.

Kikuji sentira-se chicoteado naquela hora porque percebeu que a jovem atinava o que se passava na sua mente.

Com a descoberta desse seu lado oculto, ficou perplexo consigo mesmo.

Tão logo acabou de servir a comida e Chikako levantou-se para ir preparar o chá, Kikuji voltou-se para a jovem.

— É possível que o nosso destino seja o de sermos manipulados por Kurimoto. Mas, evidentemente, eu e a senhorita temos noções diferentes de destino.

Havia um tom de justificativa em sua frase.

Após o falecimento do pai, Kikuji não apreciava que sua mãe fosse sozinha àquela sala de chá. Agora ele sabia: seu pai, sua mãe e ele tinham seus próprios pensamentos ao adentrar naquele local.

A chuva continuava a castigar as folhas das árvores.

Logo ouviu um som diferente, de água batendo num guarda-chuva. Alguém se aproximava.

— A senhora Ota veio vê-lo — anunciou a criada, do lado de fora da porta.

— Senhora Ota? Quer dizer, a filha?

— Não, senhor: a viúva. Ela parece tão abatida...

Kikuji levantou-se, mas não saiu do lugar.

— Para onde devo conduzi-la?

— Traga-a para cá.

— Sim, senhor.

A viúva Ota chegou à sala de chá sem o guarda-chuva. Talvez o tivesse deixado na porta da frente.

Notou gotas de água no rosto da mulher e imaginou serem da água da chuva. No entanto, eram lágrimas. Só o percebeu quando as gotas começaram a fluir dos olhos para a face. Tão desatento estava Kikuji que acabou confundindo lágrimas com chuva.

— O que houve?! — indagou exaltado, correndo em direção à viúva.

A mulher sentou-se na varanda apoiando as duas mãos no chão. Parecia perder aos poucos os sentidos diante dele.

Gota a gota, a soleira da porta da varanda ia ficando molhada. Gotas de chuva? Kikuji estava enganado, as lágrimas eram tantas que se confundira outra vez.

A viúva não tirava os olhos de Kikuji, como se aquilo a sustentasse, impedindo-a de desmaiar. Caso ele desviasse o olhar, certamente ela não aguentaria. Foi o que sentira.

Seus olhos estavam encovados, cheios de rugas e olheiras profundas. As pálpebras pregadas davam-lhe um grave ar doentio. Contudo, suplicantes, seus olhos brilhavam com as lágrimas. Pôde perceber uma indescritível doçura neles.

— Desculpe-me. Eu não suportava mais, precisava vê-lo — disse de modo afável.

De seus gestos também transbordava carinho.

Estava tão abatida que, se não fosse sua candura, poderia se tornar insuportável para a vista alheia.

Kikuji comoveu-se com tamanho sofrimento. Mesmo sabendo ser ele o causador, a postura carinhosa da viúva dava-lhe a impressão de que ela estava ali para apaziguar sua dor.

— Entre logo para não se molhar.

Kikuji teve praticamente de arrastá-la para dentro, passando, de modo abrutalhado, os braços em torno do seu corpo. Um gesto de certo modo grosseiro.

— Pode deixar, solte-me! Viu como estou leve?

A viúva tentava ficar de pé sozinha.

— É verdade.

— Estou mais leve. Andei emagrecendo um pouco.

Kikuji estranhara a própria iniciativa de atracar-se à viúva.

— Sua filha deve estar preocupada.

— Fumiko?

Pela maneira com que pronunciou o nome da filha, Kikuji desconfiou que estivesse por perto.

— Ela veio junto? — perguntou ele.

— Vim escondida dela... — continuou a falar, como se estivesse soluçando. — Ela não tira mais os olhos de mim. Até no meio da noite. Se faço algum movimento, logo acorda. Creio que tenha ficado mentalmente perturbada por minha causa. Tem dito umas coisas estranhas. Outro dia me perguntou por que não tive outros filhos além dela, se eu não queria ter tido um filho com o senhor Mitani...

A viúva se recompunha à medida que falava.

Kikuji pôde depreender das palavras dela o quão triste Fumiko estaria. Imaginava o tamanho do desalento de uma filha que não suportava ver a tristeza de sua mãe.

O fato de Fumiko chegar a cogitar a ideia de a mãe ter um filho com o pai dele atravessou-lhe o peito como uma lança.

A viúva continuava com o olhar fixo nele.

— É provável que ela venha atrás de mim hoje, porque escapei de casa na sua ausência... Ela imaginou que eu não sairia nesse tempo.

— Por causa da chuva?

— Sim. Ela acha que estou fraca a ponto de não conseguir enfrentar um tempo como esse.

Kikuji apenas meneou a cabeça em sinal de assentimento.

— Fiquei sabendo que Fumiko veio lhe visitar outro dia.

— Sim, ela apareceu por aqui. Quando sua filha me disse "perdoe a minha mãe", eu não soube o que responder.

— Sei muito bem dos sentimentos dela. O que vim fazer aqui? Ah, que coisa horrível estou fazendo!
— Na verdade, fiquei-lhe muito grato.
— É bom ouvir isso. Já deveria ser o suficiente para mim... Porém, tenho estado muito infeliz. Perdoe-me, por favor.
— O que haveria para se sentir tão culpada? Só se for o fantasma de meu pai.

Tais palavras não alteraram a expressão da viúva. Kikuji sentiu-se deixado no vazio.

— Vamos esquecer tudo isso, certo? — interveio a mulher.
— Nem sei por que fiquei tão abalada com o telefonema da senhora Kurimoto.
— Kurimoto lhe telefonou?!
— Hoje de manhã. Disse estar quase certo seu casamento com a senhorita Yukiko... Fiquei me perguntando por que ela quis me comunicar tal coisa.

A viúva, que tinha os olhos marejados, repentinamente sorriu. Não era um sorriso choroso, mas inocente.

— Ainda não está nada acertado — Kikuji interrompeu-a. — Por um acaso, forneceu a Kurimoto alguma pista sobre o que aconteceu conosco? Encontrou-se com ela depois daquilo?
— Não. Mas ela é uma pessoa terrível. Pode ser que tenha percebido alguma coisa. Deve ter suspeitado de algo no telefonema de hoje de manhã. Foi minha culpa. Eu quase perdi a consciência e acho que deixei escapar alguma coisa. É lógico que ela percebeu, lá do outro lado. Ela disse algo como "tente não atrapalhar os dois".

Kikuji franziu a testa. Não conseguiu reagir de imediato.

— Não tenho a menor intenção de atrapalhar coisa alguma... É verdade que me consumo pensando no mal que fiz à senhorita Yukiko, mas desde esta manhã estou com medo da senhora Kurimoto. Me dá até arrepios. Tanto que não consegui ficar parada em casa.

Seus ombros tremiam como se uma assombração estivesse em seu encalço. O canto de sua boca se contorceu, como se repuxasse. Podia-se sentir o peso de sua idade nesse pequeno gesto.

Kikuji levantou-se e esticou a mão em direção à viúva, como para aplacar o temor dela. A mulher segurou sua mão.

— Mas eu tenho medo. Muito medo — dizia ela olhando à sua volta.

Logo em seguida, relaxou.

— É esta a sala de chá?

Kikuji não soube identificar ao certo o intuito daquela pergunta.

— Sim — assentiu displicentemente.

— É uma boa sala.

Quem sabe a viúva estivesse lembrando de seu falecido marido, que também frequentara aquele recinto quando era vivo, ou talvez lembrasse de seu pai.

— É a primeira vez que vem aqui? — perguntou Kikuji.

— Sim.

— Para o que está olhando?

— Nada de mais.

— Este é um *kasen-e*, de Sôtatsu.

A viúva apenas assentiu com a cabeça, pendendo-a logo em seguida.

— Nunca tinha visitado nossa casa antes?

— Nunca.
— Mesmo?
— Minto. Apenas uma vez, no velório de seu pai... — Ela parecia engolir a resposta.
— A água do chá está fervida. Que tal? Talvez relaxe um pouco. Eu mesmo gostaria de um gole.
— Lógico. Posso? — A viúva cambaleou ao se levantar.

Kikuji tirou os utensílios e um *chawan* das caixas enfileiradas no canto da sala. Notou tratar-se do mesmo recipiente usado no dia anterior por Yukiko, mas não se importou.

Com a mão trêmula, a mulher tentava tirar a tampa da chaleira, fazendo com que os metais batessem e soassem trepidantes. Ao inclinar-se para segurar o *shaku*, verteu uma lágrima, que escorreu pela lateral da chaleira.

— Sabia que este objeto era da minha família e seu pai o comprou de mim?
— Realmente? Não, não sabia.

O que a viúva dizia era que aquela chaleira um dia fora de seu falecido esposo, mas Kikuji não sentiu nenhuma repulsa ao ouvir aquilo, tamanha a naturalidade de seu comentário.

— Não consigo me levantar. Poderia vir até aqui? — chamou a viúva, tão logo terminou de preparar o chá.

Kikuji teve de se aproximar do braseiro, e ali mesmo bebeu um gole do chá.

Foi quando a mulher caiu em seu colo, como se desfalecesse. Kikuji pôs as mãos nas costas dela, cuja espinha ondulava sutilmente e a respiração parecia definhar.

Ali, envolvida em seus braços, lembrava-lhe uma criança, de tão suave que era.

3

— Senhora Ota! — Kikuji sacudiu-a bruscamente.

Suas mãos seguravam o pescoço dela, as palmas estendendo-se da garganta à clavícula. Como se fosse estrangulá-la. Podia sentir os ossos mais salientes que da última vez.

— Tem certeza de que sabe a diferença entre meu pai e eu?

— Como é cruel. Lógico que sim — respondeu a mulher com a voz doce, ainda de olhos fechados.

Ela parecia não querer voltar à realidade tão cedo.

Kikuji dirigia-se menos a ela do que a seu próprio coração angustiado.

Deixou-se levar ao mundo dela. Um mundo paralelo à realidade. Ali, parecia não haver diferença entre seu pai e ele. Tamanha inquietude havia que era inevitável o despertar da sensação angustiante em seu coração.

A viúva se transformara em uma fêmea. Uma mulher em que nada parecia ser real. Algo ancestral à humanidade, ou então, à última mulher no mundo. Naquele universo paralelo, ela não fazia distinção entre seu falecido marido, o pai de Kikuji e ele próprio.

— Aposto que, em sua mente, ele e eu nos tornamos uma coisa só.

— Ah, perdoe-me! Que coisas horríveis eu faço, quão culpada eu sou! — Um fio de lágrima escorreu pelo canto de seu olho. — Quero morrer. Ah, como eu queria morrer. Seria tão feliz se pudesse ser agora! Eu percebi quando quase me estrangulou há pouco. Por que não apertou logo de uma vez?

— Está brincando? Mas se insiste, posso fazê-lo.

— É mesmo? Agradeceria muito — respondeu a viúva, esticando o longo pescoço. — Será fácil, porque estou magra.

— Não morreria deixando sua filha desamparada.

— Não faria diferença. De qualquer forma, mesmo que não faça nada, partirei em breve. Peço então que cuide de Fumiko depois que eu me for.

— Se ela for parecida com a mãe...

A viúva abriu os olhos.

Até Kikuji espantou-se com as próprias palavras. Foram completamente inesperadas.

Como teriam sido interpretadas pela viúva?

— Sinta, minha pulsação está irregular... Não vou durar muito tempo.

A viúva pôs a mão sobre a de Kikuji e a levou até seu peito. Talvez o coração da mulher tivesse disparado em função do susto que levara com aquelas palavras.

— Quantos anos tem agora?

Ele não respondeu.

— Menos de trinta, não? Sou mesmo uma mulher perversa. E também miserável. Eu mesma não me entendo — resmungava a viúva enquanto erguia o corpo, apoiando-se em uma das mãos, e encolhia as pernas para assim se sentar.

Kikuji também se sentou.

— Não vim atrapalhar seu casamento com a senhorita Yukiko, de forma alguma. Agora, sim, está tudo acabado.

— Ainda não me decidi se vou me casar ou não. Mas saiba que a nossa relação foi essencial para que eu deixasse o meu passado para trás.

— Verdade?

— Não se esqueça que quem pretende me casar com a senhorita Yukiko é Kurimoto, que também foi amante de meu pai. Ela faz questão de soprar o veneno do passado sobre mim. Ainda bem que ele teve a senhora como última mulher dele. Por certo, morreu feliz.

— É bom que se case logo com a senhorita Yukiko.

— Isso quem decide sou eu.

A cor esvaiu do rosto da viúva, que pressionou a face com as mãos. Até então, ela apenas o fitava com os olhos desconcentrados.

— Estou sentindo tontura.

Insistiu em ir embora. Kikuji chamou um táxi e a acompanhou. Ela permanecia de olhos fechados, encostada no canto do banco traseiro do carro. Era a aparência de alguém definhando. Parecia, sim, estar no fim da vida.

Kikuji não entrou na casa da mulher. Ajudou-a a descer do carro e pôde sentir seus dedos gelados, que pareciam esvair-se na palma de sua mão.

Mais tarde, às duas da madrugada, Kikuji recebeu um telefonema de Fumiko.

— Senhor Mitani? Liguei apenas para dizer que minha mãe, agora há pouco... — a frase foi brevemente interrompida, mas logo completada — faleceu.

— Como?! O que aconteceu com ela?

— Morreu de um ataque cardíaco. Acredito que tenham sido os remédios para dormir que andou tomando em excesso...

Kikuji não tinha palavras.

— Liguei para pedir-lhe um favor.

— Sim...?

— Se tiver algum médico de confiança, importaria em trazê-lo aqui?

— Médico? Ah, sim, um médico. Vou me apressar.

Ela ainda não havia chamado ninguém? Kikuji ficou surpreso, mas logo compreendeu. A viúva devia ter se suicidado. Isso explicaria o pedido de Fumiko.

— Fique tranquila.

— Estarei esperando.

Certamente a jovem pensou muito antes de ligar para Kikuji. Por isso fora tão seca e sucinta em dizer o que queria.

Kikuji ainda se sentou próximo ao telefone e fechou os olhos. Lembrou-se do entardecer que havia visto da janela do trem. Voltava da hospedaria de Kita-Kamakura, depois de haver dormido com a viúva. Era o mesmo pôr do sol da floresta do templo Honmonji, em Ikegami. Os raios de sol vermelhos pareciam acariciar as copas das árvores da floresta. A vegetação formava um relevo escuro, sobressaindo no horizonte. Até o suave reflexo das copas ardia em seus olhos cansados, obrigando-o a fechá-los.

A última imagem que lhe veio à cabeça foi a dos mil tsurus brancos do lenço de Yukiko voando pelo céu do entardecer que acabara de relembrar.

Livro Terceiro

Cerâmica Shino

1

Kikuji não compareceu à cerimônia fúnebre do sétimo dia, em homenagem à viúva Ota. Decidiu deixar suas condolências para o dia seguinte.

Pensou em sair mais cedo do trabalho para não atrasar a visita, mas não conseguiu levantar-se da cadeira, apesar da ansiedade que o consumira durante todo o dia.

A própria Fumiko atendeu-lhe à porta e o cumprimentou com solene reverência.

— Oh! — exclamou ela, ajoelhando-se e sobrepondo educadamente as mãos, uma sobre a outra, com a cabeça baixa. Ao curvar-se, tocou o assoalho. Erguidos, estavam apenas seus olhos, voltados em direção a Kikuji. Suas mãos sobrepostas pareciam procurar apoio no chão, para que seus ombros não começassem a tremer.

— Muito obrigada pelas lindas flores.

— Não por isso.

— Quando as mandou entregar, pensei que não quisesse vir.

— É mesmo? Algumas vezes as pessoas enviam flores antes de fazer a visita.

— Ainda assim, achei que não viesse.

— Na verdade, eu as mandei de uma floricultura próxima daqui, mas...

Fumiko assentiu com um gesto de cabeça.

— Não havia nenhum cartão no buquê, mas logo suspeitei que fosse seu.

No dia anterior, Kikuji passara algum tempo na floricultura. Em meio a todas as flores da loja, pensava na viúva Ota, e o aroma suave delas amainava seu sentimento de culpa. Foi o que acabara de relembrar.

E naquele momento era Fumiko quem o recebia com suavidade. Ela trajava um vestido branco de algodão. Não estava maquiada. Trazia apenas um leve brilho nos lábios, que pareciam um pouco ressecados.

— Julguei que não seria adequado comparecer ontem à cerimônia — justificou Kikuji.

Fumiko deslizou o joelho para o lado, dando-lhe passagem. Com tal gesto sugeria a ele que entrasse.

Todo aquele cumprimento formal à entrada tinha uma única função: conter o choro. Contudo, caso ela permanecesse naquela posição, com certeza não conseguiria mais segurar as lágrimas.

— Fiquei feliz com as flores, mas gostaria que também tivesse comparecido ontem.

Fumiko levantou-se e o seguiu pelo corredor.

— Eu não queria causar mal-estar entre seus parentes — tentou amenizar.

— Não me importo mais com isso — a jovem foi categórica.

Ao adentrar a sala, Kikuji deparou com a foto da viúva Ota num porta-retratos, colocado bem à frente da urna mortuária. Notou que as flores que enfeitavam o altar eram apenas aquelas que ele mandara entregar no dia anterior.

Algo inesperado para ele. Teria a filha retirado as outras flores, deixando apenas as dele? Ou a cerimônia de sétimo dia teria sido daquele modo, ou seja, tão solitária? Ficou com a impressão de que fora exatamente isso o que ocorrera.

— Usou um *mizusashi*?

— Sim, achei o tamanho ideal — respondeu a jovem. O visitante referia-se ao recipiente que abrigava as flores do altar.

— Uma boa cerâmica Shino[20], me parece.

A peça aparentava ser um pouco pequena para a função de *mizusashi*. Ele mandara rosas brancas com alguns cravos de cor clara, que caíam muito bem no recipiente cilíndrico.

— Este não foi vendido porque minha mãe costumava fazer arranjos nele.

Kikuji sentou-se diante do altar, acendeu um incenso, uniu as mãos diante do rosto e cerrou os olhos. Em seus pensamentos, pedia desculpas à viúva. Mas, ao fazê-lo, foi assolado por um terno sentimento de gratidão. Todo o amor que ela lhe dedicara parecia agora absolvê-lo das faltas que cometera.

Teria a viúva morrido encurralada pela culpa, sem conseguir livrar-se do peso? Ou teria sido encurralada pelo amor, sem meios de contê-lo? Amor ou culpa? Kikuji passou a semana inteira refletindo sobre essa questão.

Com os olhos cerrados diante dos restos mortais da mulher, vieram-lhe lembranças dela. Não eram visões de seu corpo nu, mas da sensação entorpecente de sua pele,

---

20. Cerâmica típica para a cerimônia do chá da região de Mino (atual província de Gifu), composta de desenhos simples, em geral elementos da natureza, feitos com vernizes à base de óxido de ferro e cobertos em algumas partes por esmalte opaco branco.

envolvendo-o suavemente. Algo estranho, mas natural no caso daquela mulher. A sensação reavivada dentro dele entretanto não era tátil, mas um tanto sonora, musical.

Depois da morte da viúva Ota, Kikuji passou a tomar calmantes misturados a bebidas alcoólicas para dormir. Mesmo assim, vinha sonhando muito, tinha o sono leve e acordava por qualquer coisa. Não se tratava de pesadelos, antes, assemelhavam-se a um doce delírio que continuava a encantá-lo mesmo depois de desperto.

A sensação do abraço de uma pessoa em sonho, ainda mais estando ela morta, surpreendia Kikuji. Algo fascinante, principalmente para alguém com pouca experiência de vida.

Que mulher impura ela era! Eis o bordão que a viúva repetia desde o primeiro encontro deles. É o que dissera quando dormiram juntos na hospedaria em Kita-Kamakura e também quando fora à sala de chá em sua casa. Entretanto, Kikuji sabia ser exatamente tais palavras que nela causavam arrepios e lhe arrancavam gemidos de prazer. Agora, sentado ali, diante de seu altar, Kikuji pensava na possibilidade de tê-la conduzido à morte. Isso, sim, poderia ser considerado um terrível mal cometido. No entanto, uma vez mais, a única coisa que lhe vinha à mente era a voz da viúva condenando a si mesma.

Kikuji abriu os olhos tão logo ouviu um soluço. Era Fumiko que chorava escondida. O soluço escapou-lhe, mas logo voltou a conter as lágrimas.

Ele não se atreveu a mover-se.

— De quando é essa fotografia? — perguntou.

— De uns cinco ou seis anos atrás. Mandei ampliá-la.

— Ah, é? Não teria sido tirada durante o preparo do chá?

— Ora, como soube? — A fotografia era claramente uma ampliação. Estava cortada na altura do peito e da lateral dos ombros. — Está certíssimo — disse Fumiko.

— Tive essa impressão. Os olhos dela estão levemente baixos e a feição é de alguém concentrado em fazer alguma coisa. Não é possível ver os ombros, mas dá para notar que está cuidando da postura.

— Fiquei me perguntando se serviria. Era a fotografia favorita dela, mas acho que foi tirada muito de lado...

— É um bom retrato, demonstra calma.

— Mas o ângulo de fato não é bom. Durante o velório, parecia que ela desviava o olhar das pessoas que vinham lhe oferecer incensos.

— Bem, vendo por esse ponto de vista...

— Além de cabisbaixa, ela está olhando para o outro lado.

— Tem razão.

Kikuji lembrou-se da figura da viúva preparando o chá na noite anterior à sua morte.

Ela segurava um s*haku* em uma de suas mãos. Um fio de lágrima caiu e escorreu pela lateral da chaleira de ferro. Kikuji teve de se aproximar da mulher para pegar o *chawan*. A gota de lágrima na chaleira já havia secado, antes mesmo de ele terminar de beber o chá. Mal havia colocado o *chawan* no lugar e se deparou com a viúva caindo em seu colo.

— Na época em que tiraram a fotografia, minha mãe ainda era saudável... — Fumiko hesitou em continuar a frase. — Além disso, fico encabulada de exibir esse retrato, no qual ela se parece comigo.

De súbito, Kikuji voltou-se para trás, na direção dela.

Fumiko abaixou o olhar. Certamente, ela estivera fitando-o pelas costas até aquele momento.

Já estava na hora de ele deixar o altar e encarar a jovem de frente. Só não sabia se teria palavras para se redimir com ela.

Kikuji, aproveitando o fato de o vaso de flores ser uma cerâmica Shino, colocou-se diante dele para apreciá-lo, como fazia com os *chawan* de chá. Nele, havia suaves manchas avermelhadas tingindo o esmalte branco, sua superfície era brilhante, dando a impressão de ser gélida e ao mesmo tempo calorosa. Kikuji esticou o braço para tocá-lo.

— A boa cerâmica Shino agrada até ao gosto masculino, tão suave quanto um sonho — "Tão suave quanto um sonho de mulher" era o que Kikuji queria dizer, mas omitiu as últimas palavras.

— Se gostou dela, pode levá-la como lembrança de minha mãe.

— Não poderia — Kikuji voltou-se para ela, surpreso.

— Eu insisto. Ela iria gostar muito. Ouvi dizer que é uma peça de certo valor.

— Tenho certeza de que é muito boa.

— Foi o que disse minha mãe. Por isso, resolvi usá-la de vaso para as flores que mandou.

Subitamente, Kikuji sentiu lágrimas quentes em seus olhos.

— Então, eu aceito.

— Minha mãe ficará feliz.

— Mas não terei o requinte de usá-la como *mizusashi*. Com certeza, será utilizada como um vaso comum.

— Não importa, minha mãe também a utilizava para dispor arranjos florais.

— As flores que colocarei não serão as tradicionais da cerimônia do chá. Parece-me triste ver um utensílio cerimonial afastar-se de sua função.

— Também penso em me afastar do chá.

Kikuji aproveitou o momento para se levantar. Pegou a almofada mais próxima ao *toko*, arrastou-a até perto da varanda e ali sentou.

Fumiko encontrava-se sentada um pouco afastada dele, sem almofada, como se aguardasse as ordens de seu amo. Com a mudança de posição empreendida por Kikuji, ela ali ficou como se estivesse abandonada no meio da sala.

As mãos de Fumiko descansavam sobre seus joelhos, com os dedos ligeiramente dobrados. De repente, como começassem a tremer, seus punhos se contraíram.

— Senhor Mitani, perdoe a minha mãe — e deixou a cabeça cair.

Kikuji assustou-se, temendo que o corpo da jovem tombasse naquele gesto.

— O que está dizendo? Quem tem de pedir perdão sou eu. Na verdade, nem tenho o direito de fazê-lo. O que fiz não tem reparação. Eu é que deveria envergonhar-me até mesmo de estar em sua presença.

— Nós duas é que deveríamos nos envergonhar.

Fumiko estampava o constrangimento na cor de seu rosto.

— Tenho vontade de desaparecer.

O vermelho tomou conta da face dela, desprovida de pó de arroz, tingindo inclusive a pele branca de seu longo pescoço. Nisso, Kikuji pôde perceber a fadiga emocional a que ela estava submetida.

A cor de sangue no rosto de Fumiko ressaltava-lhe ainda mais o ar anêmico.

— Imagino o quanto me odiou por tudo isso — interveio Kikuji, com pesar na consciência.

— Odiar? Por quê? Por um acaso a minha mãe parecia odiá-lo?

— Não. Mas eu fui o causador da morte dela.

— Minha mãe morreu por vontade própria. Sei disso. Desde o seu falecimento, passei a semana inteira sozinha, refletindo sobre isso.

— Está sozinha agora, nesta casa?

— Bem... Sim. Sempre fomos sós, eu e minha mãe.

— E eu acabei tirando a mãe da filha.

— Ela morreu porque quis. Já que se sente culpado pela morte dela, sou mais culpada ainda. Se eu tiver de odiar alguém, terei de odiar a mim mesma. O fato de outras pessoas se culparem ou se responsabilizarem pelo que lhe aconteceu transforma a morte dela em algo muito sombrio e impuro. Acredito que sentimentos como esses tornam-se um fardo para quem morreu.

— Estou de acordo, mas não consigo deixar de pensar que se sua mãe não tivesse me encontrado... — Kikuji não foi capaz de completar a frase.

— Acredito que a única coisa que os mortos esperam é serem perdoados. Minha mãe talvez tenha morrido esperando perdão. Faria essa gentileza por ela?

Fumiko levantou-se, sem esperar a reposta de Kikuji.

As palavras dela pareciam abrir-lhe um novo horizonte. Nunca havia pensado no dever de aliviar o fardo dos mortos. Ficar se culpando pela morte de uma pessoa era o mesmo que ofendê-la. Possivelmente, o mais tolo e comum de todos os erros. Os mortos não impõem ética ou moral aos vivos.

Kikuji voltou novamente seu olhar para o retrato da viúva.

2

Fumiko retornou com uma bandeja na mão. Nela, havia dois *chawan* cilíndricos de cerâmica Raku[21] para beber chá, um vermelho e outro preto.

O preto foi colocado diante de Kikuji, diretamente no tatame em que ele estava sentado. Fumiko serviu aos dois um tipo comum de chá.

Kikuji ergueu a cerâmica preta para ver a assinatura no fundo.

— De quem é a peça? — perguntou displicente.

— Creio que seja de Ryonyu.[22]

— A vermelha também?

— Sim.

— Então, fazem par uma com a outra — comentou, voltando seu olhar para a cerâmica vermelha.

A peça encontrava-se próxima ao joelho de Fumiko. As duas cerâmicas tinham o tamanho ideal para serem

---

21. A cerâmica Raku nasce em Kyoto, associada a Sen-no-Rikyû, caracterizando-se por uma simplicidade muito refinada; de duas variedades (vermelha e preta), é feita a mão e queimada em baixa temperatura, resultando em um aspecto rústico e formas irregulares.

22. Ceramista da nona geração (1756-1834) da família Raku.

usadas como recipientes de bebidas. Foi então que um mau pensamento atravessou-lhe a mente.

Quando o cônjuge morreu e a viúva começou a receber as visitas de seu pai, não teria aquele par de *chawan* sido usado por ela para servir o amante? Seria o preto de seu pai e o vermelho da viúva, como se fossem acessórios de um enxoval de casal?

Uma peça de Ryonyu não era algo precioso demais. É possível que os tivessem comprado juntos em uma de suas viagens.

Caso isso se confirmasse e Fumiko o soubesse, servi-lo com tais utensílios tornar-se-ia uma provocação um tanto cruel.

Contudo, Kikuji não tomou tal atitude como ironia ou artimanha, mas como gesto típico de uma jovem romântica. Ele próprio se deixara afetar pelo romantismo daquelas peças.

Tanto ele como Fumiko estavam cansados demais para tentar se defender, ou mesmo controlar sentimentalismos daquela ordem. O fato é que aquele par de *chawan* evidenciava uma tristeza comum, compartilhada por ambos.

A jovem tinha conhecimento de tudo. A relação da mãe com o pai de Kikuji, o caso que ele próprio tivera com ela e todos os detalhes que antecederam sua morte. Tornaram-se cúmplices até na omissão de seu suicídio.

Ele notou que ela havia chorado enquanto preparava o chá, pois seus olhos estavam vermelhos.

— Valeu a pena ter vindo hoje — interveio Kikuji. — Pelo que disse há pouco, pude entender que a questão de perdoar ou não perdoar não existe entre um ser vivo e um morto. Mas, mesmo assim, gostaria de acreditar que sua mãe me perdoou. Será que posso?

Fumiko assentiu com um gesto de cabeça.

— Porque, de outra forma, minha mãe não obteria seu perdão. Muito embora, para mim, ela mesma não conseguiu perdoar a si própria... — disse.

— Pensando bem, talvez o fato de ter vindo até aqui e estar à sua frente, conversando, seja algo por demais condenável.

— Por que diz isso? — indagou Fumiko, fitando Kikuji.

— Por um acaso está insinuando que a morte da minha mãe foi um erro, que não estaríamos aqui se não fosse por isso? Eu confesso que, quando a vi morta, também questionei a atitude dela. Por mais que as pessoas a condenassem, morrer não era a solução. Para nada. Morrer é apenas uma forma de rejeitar a compreensão dos outros. Depois de morta, ninguém poderia perdoá-la.

Kikuji não disse uma só palavra, estava surpreso em saber que, como ele, Fumiko andara sondando os mistérios da morte. Ouvi-la dizer que a morte era uma forma de recusa da compreensão alheia era algo interessante. Com certeza, a viúva que ele conhecera era diferente da mãe com quem aquela jovem convivera. Era-lhe impossível perceber o lado mulher de sua progenitora.

Para Kikuji, tanto o ato de perdoar como o de ser perdoado acontecia no vai e vem daquelas ondas, no embalo dos braços daquela mulher. Ele via fragmentos daquele doce delírio até no par de cerâmicas diante dele.

Não, definitivamente Fumiko desconhecia aquele lado da mãe.

Estranho que o ser saído das entranhas não conhecesse o corpo que o concebera, embora traços daquele corpo tivessem sido herdados por ele.

Desde o momento em que cruzara a porta daquela casa, Kikuji sentiu uma doce simpatia por Fumiko. No rosto arredondado da jovem, encontrara vestígios da viúva.

A senhora Ota havia fraquejado porque tinha vislumbrado o espírito do antigo amante em Kikuji. O fato de ele encontrar em Fumiko semelhanças com a mãe parecia-lhe uma terrível maldição. Apesar disso, não se privou de se sentir atraído por tal encanto.

Alguns pequenos detalhes, como o ressecado lábio carnudo de Fumiko, intimidavam Kikuji, levando-o a crer que não conseguiria jamais confrontá-la.

O que poderia ele fazer de tão terrível para que a jovem manifestasse alguma reação? Resolveu dizer alguma coisa para dissipar a sádica vontade que lhe brotava.

— Sua mãe era uma boa pessoa. Tão boa que não suportou viver — disse o que lhe veio à mente. — Eu, porém, fui cruel com ela. Talvez fosse o meu lado moralista lançando-lhe toda a culpa, para amenizar a dor da minha consciência. Não passo de um homem covarde e traidor...

— Não, foi tudo culpa dela. Minha mãe era uma pessoa fraca. O que teve com seu pai, com você... Não me convenço de que ela tenha feito essas coisas.

Fumiko enrubesceu ainda mais. A cor de sangue tornara-se mais quente que antes. Baixou a cabeça, como para se esconder do olhar de Kikuji.

— No dia seguinte ao falecimento, comecei a pensar nela de uma forma mais bonita. Não que eu tenha resolvido pensar diferente. É como se ela mesma começasse a se purificar...

— A forma como isso acontece talvez não importe no caso de pessoas mortas.

— Minha mãe pode ter morrido por não suportar a deformidade de seus atos...

— Não creio que tenha sido assim.

— E, justamente por isso, senti uma angústia, um sentimento insuportável...

Lágrimas brotaram dos olhos dela. Devia pensar no amor que a mãe sentia por ele, Kikuji.

— Os mortos são propriedade nossa, estão dentro de nossos corações, eternamente. O que nos cabe é cuidar bem da memória deles — disse Kikuji, e completou: — Todos morreram muito cedo, não acha?

Fumiko compreendeu que ele se referia aos pais de ambos.

— Como se não bastasse, somos filhos únicos.

Ao pronunciar tais palavras, tomou consciência de algo. Percebeu que se a jovem diante dele não existisse, àquelas alturas ele estaria encarcerado em pensamentos muito mais sombrios a respeito de tudo o que ocorrera entre ele e a viúva.

— Fiquei sabendo que foi muito gentil com meu pai. Sua mãe me contou.

A frase escapou-lhe. Só esperava tê-la dito de uma forma natural. Sentia que já podia conversar com Fumiko sobre aquela época, quando seu pai ia até aquela casa na condição de amante da mãe dela.

Subitamente, Fumiko postou as mãos no chão.

— Perdoe-me por tê-los apoiado. É que eu tive muita pena de minha mãe... Desde aquela época, ela parecia estar para morrer a qualquer instante.

Seu corpo foi se inclinando aos poucos, até se curvar por completo. Ficou imóvel por um breve momento, até que seus ombros perderam forças e ela começou a chorar.

Dada a súbita chegada de Kikuji, Fumiko nem tivera tempo de colocar a meia. Sentada ao chão, escondia seus pés desnudos atrás do quadril, tornando sua figura mais encolhida ainda. O *chawan* vermelho estava bem próximo de seus cabelos, que tocavam o tatame.

Fumiko deixou o ambiente, cobrindo o rosto com as mãos. Kikuji, notando sua demora, dirigiu-se para a saída.

— Por hoje, vou me retirar.

Fumiko apareceu segurando um pacote.

— Desculpe fazê-lo carregar peso, mas isto é seu.

— Como?

— É o Shino.

Ela já havia retirado as flores, despejado a água, enxugado toda a peça, recolocado o vaso na caixa e feito o embrulho para Kikuji levar. Tudo com uma rapidez surpreendente.

— Devo levá-lo hoje? Há pouco ainda havia flores nele...

— Sim, leve-o.

— Agradeço, então. — Kikuji percebeu que a agilidade de Fumiko era proporcional a sua tristeza.

— O certo seria levá-lo à sua casa, mas não tenho condições.

— Por que não?

Fumiko não respondeu.

— Cuide-se. — E Kikuji lançou-se para fora da casa.

— Obrigada por ter vindo. Por favor, não pense mais em minha mãe. Case-se logo.

— O que disse?

Kikuji voltou-se para trás e olhou para ela, mas Fumiko não ergueu mais seu olhar para ele.

3

No caminho de volta, Kikuji comprou as mesmas flores para enfeitar o *mizusashi* que ganhara. As mesmas rosas brancas e cravos de cor clara. Viu-se envolto em um sentimento estranho. Sentia que começava a amar a viúva após a sua morte. Ainda por cima, parecia que a autenticidade desse amor tinha sido atestada pela própria filha, Fumiko.

Kikuji resolveu lhe telefonar no domingo.

— Está sozinha em casa, para variar?

— Sim. E começo a sentir falta das pessoas.

— Não é bom ficar só nessas horas.

— Eu sei.

— Dá para ouvir o silêncio da sua casa pelo telefone.

Fumiko deu uma leve risada.

— Por que não chama alguma amiga para lhe fazer companhia?

— Temo descobrirem algo sobre minha mãe...

Kikuji não tinha como retrucar.

— Morando sozinha, imagino que haja muitos inconvenientes para sair e deixar a casa sem alguém tomando conta.

— Até saio. É só trancar a casa.

— Então venha me visitar.

— Muito obrigada. Quem sabe um dia desses...

— Está bem de saúde?

— Emagreci um pouco.
— Está dormindo bem?
— Praticamente não prego os olhos à noite.
— Isso é ruim.
— Estou pensando em sair daqui em breve. Alugar um quarto na casa de uma amiga.
— Em breve, quando?
— Logo que eu conseguir vender esta casa.
— Sua casa?
— Sim.
— Pretende vendê-la?
— Acha melhor não fazê-lo?
— Não. Na verdade, eu também estava pensando em vender a minha.

Fumiko ficou calada.

— Bem, não tem por que ficarmos discutindo tal coisa pelo telefone. Hoje é domingo e não estou fazendo nada. Não gostaria de vir até aqui?
— Como? — Fumiko pareceu não acreditar no que ouvira.
— Sabe o Shino que me deu? Coloquei flores nele, mas, se vier, poderia usá-lo como *mizusashi*.
— Pretende realizar uma cerimônia?
— Não uma completa. É que eu acho uma pena não usá-lo como *mizusashi*, ao menos uma vez. Um utensílio de chá só mostra sua total beleza se usado em conjunto com outros, não acha?
— Mas hoje estou muito mais abatida do que da última vez que me viu. Não posso sair de casa assim.
— Seremos só nós dois.
— Acho melhor não...

— Tem certeza?

— Até logo.

— Cuide-se. Vou ter de atender a porta, parece que chegou alguém.

Quem batia à porta era Chikako.

Kikuji ficou apreensivo, imaginando se ela ouvira o telefonema.

— Essa época de chuvas já está incomodando. Aproveitei que o céu clareou um pouco e vim visitá-lo.

Mal o cumprimentou, Chikako deitou os olhos no vaso de Shino.

— Daqui até o verão, terei mais folgas das aulas. Por isso, pensei em usar um pouco sua sala de chá para arejá-la.

Chikako havia levado de presente uma caixa de doces acompanhada de um leque de verão que fazia jogo com ela. Ofereceu-a para Kikuji.

— Aposto que a sala está cheirando a mofo como da outra vez.

— Creio que sim.

— Este não seria o Shino da senhora Ota? Posso ver?

Chikako tentou parecer espontânea e aproximou-se, rasteira, do vaso.

Naquela posição, com as mãos no chão e encolhendo os ombros encorpados, parecia regurgitar veneno.

— Comprou dela?

— Não, ganhei.

— Ganhou? Que presente caro é esse? Uma espécie de herança? — Chikako ergueu o rosto e virou-se para ele. — No caso de uma peça como essa, é melhor que se pague por ela. Ainda por cima, um presente da filha da viúva? Esquisito.

— Pensarei na sua sugestão.

— Faça isso. Muitos dos utensílios da família Ota vieram parar aqui, em sua casa, mas todos eles foram comprados pelo seu pai. Mesmo depois de ele ter se envolvido com a viúva...

— Não quero ouvir esse tipo de comentário de sua boca.

— Está bem, está bem. — Chikako esquivou-se da crítica, levantando-se aparentemente resignada.

Kikuji ouviu-a conversando com a criada nos fundos. Ela voltou vestindo um avental.

— A morte da senhora Ota foi suicídio, não?

O comentário o pegou de surpresa.

— Não, de maneira alguma!

— Tem certeza? Eu logo soube. Aquela mulher tinha algo de estranho. — Ela encarava Kikuji enquanto falava. — Seu pai dizia tratar-se de uma mulher indecifrável. Lógico que nós, mulheres, enxergamos as coisas de um outro modo, mas havia nela certo ar de ingenuidade, a despeito de sua idade. O problema é que pessoas como eu não gostam desse tipo de mulher. Ela parecia tão pegajosa...

— Prefiro que não fale mal dos mortos.

— Também não aprecio isso, mas se a falecida anda se intrometendo na sua vida, eu preciso falar. Seu pai também sofreu muito quando se envolveu com ela.

Quem devia ter sofrido mesmo era Chikako, pensou ele.

O caso que seu pai tivera com ela havia sido passageiro. Não fora por causa da viúva que ele a abandonara, mas ela poderia odiá-la pelo fato da relação deles ter continuado até o fim de sua vida.

— Você é muito jovem, não sabe do que aquele tipo de mulher é capaz. Tanto melhor que ela tenha morrido. Sua morte o salvou. Essa é a verdade.

Kikuji virou-lhe o rosto.

— Apesar de que eu nunca a deixaria atrapalhar seu casamento. Aposto que ela se sentiu culpada e, sendo incapaz de controlar sua natureza, acabou se matando. Quem sabe ela pretendesse encontrar seu pai no mundo dos mortos.

Naquele momento, ele sentiu arrepios.

— Vou tentar me acalmar na sala de chá — anunciou Chikako e dirigiu-se ao quintal.

Kikuji permaneceu sentado, contemplando as flores.

As pétalas brancas e vermelho-claras pareciam fundir-se à superfície da cerâmica.

A figura de Fumiko, chorando sozinha em sua casa, ocupava-lhe a mente.

LIVRO QUARTO

A marca de batom

1

Kikuji escovou os dentes e, na volta ao seu quarto, avistou a criada com uma bela-da-manhã na mão a enfeitar o vaso de parede em formato de cabaça.

— Hoje saio dessa cama — comunicou ele, mas novamente mergulhou nas cobertas.

Deitado de costas, esticou o pescoço sobre o travesseiro para contemplar o vaso pendurado no *toko*.

— Encontrei esta flor no quintal — comentou a criada, já no outro quarto. — Repousará hoje também?

— Não, vou me levantar. Mas acho melhor não ir ao trabalho e ficar em casa mais um dia.

Resfriado e com dor de cabeça, Kikuji já estava em casa, de repouso, havia quatro ou cinco dias.

— Onde encontrou esta bela-da-manhã?

— Na trepadeira entrelaçada no pé de gengibre. Era a única flor aberta.

Ninguém a havia plantado, por certo crescera ali naturalmente. Era uma flor comum, de cor azul, com fina haste sustentando pequenas pétalas e folhas. Porém, a combinação do verde e do azul dentro da cabaça escura, cujo verniz vermelho já se encontrava envelhecido, ressaltava-lhe as cores, transmitindo uma sensação de frescor.

A criada, que estava na família desde quando seu pai era vivo, costumava dispensar gentilezas daquele tipo.

O verniz arranhado daquele vaso antigo deixava semi-aparente a assinatura da peça, "Sôtan"[23], que também estava presente na caixa onde ele era guardado. Caso fosse autêntica, a cabaça teria cerca de trezentos anos.

Kikuji não conhecia as flores usadas na cerimônia do chá, tampouco sua criada o sabia. Apesar disso, aquela bela-da-manhã parecia ideal a uma cerimônia das primeiras horas do dia.

Ficou a observar o arranjo por algum tempo. Que fascinante era ver aquele ramo de vida tão efêmera dentro de uma cabaça tão antiga! Aquela singela flor combinaria melhor com o *mizusashi* de Shino que o ramalhete de estilo ocidental que comprara?

Quanto tempo poderia durar num vaso uma bela-da-manhã? Kikuji sentiu certa inquietude ao pensar na sua fugacidade.

— Achei que aquela flor fosse murchar num piscar de olhos, mas até que está aguentando bem — disse à criada que lhe servia o café da manhã.

— O senhor acha?

Kikuji havia pensado em colocar flores de peônia no *mizusashi* que ganhara de Fumiko. Infelizmente, a época da flor já havia passado quando ele recebera o presente, mas, se tivesse insistido na procura, quem sabe teria conseguido encontrar em algum lugar.

— Nem me lembrava mais desse vaso de cabaça. Que bom que o encontrou.

— É verdade.

---

23. Sôtan (1578-1658) foi mestre da cerimônia do chá da terceira geração da família originada por Sen-no-Rikyû.

— Por um acaso, meu pai já o havia adornado alguma vez com belas-da-manhã?

— Não. Eu imaginei que combinariam, porque tanto a cabaça quanto elas são plantas com gavinhas.

— Ah!...

Kikuji achou graça na simplicidade do raciocínio.

Enquanto lia o jornal do dia, sentiu dores de cabeça e quis se deitar.

— Arrumou minha cama? — perguntou à criada.

Ela sobreveio enxugando as mãos ainda molhadas pela lavagem de louças.

— Deixe-me ao menos varrer o cômodo antes.

Quando Kikuji retornou ao quarto, a bela-da-manhã não estava mais na parede do *toko*. Nem o vaso de cabaça.

— Bem — murmurou. Certamente, a criada queria evitar que ele visse a flor murcha.

A história de que a bela-da-manhã e a cabaça combinavam por ambas serem plantas com gavinhas tinha sido divertida. O estilo de vida de seu pai ainda sobrevivia naquela criada.

Percebeu então que o *mizusashi* de Shino encontrava-se abandonado no meio do *toko*. Se Fumiko o visse daquele modo, poderia imaginar que a peça não estava sendo cuidada como devia.

No dia em que ganhara o *mizusashi*, Kikuji comprou rosas brancas e cravos de cor clara para enfeitá-lo num arranjo, como o que Fumiko havia feito para o altar de sua mãe. As flores eram aquelas que Kikuji mandara em homenagem ao sétimo dia da viúva. No caminho de volta à casa, ainda carregando o *mizusashi*, parou na mesma floricultura onde encomendara as flores e comprou um buquê igual.

Depois disso, nenhum arranjo tinha sido feito para a peça. Seu coração palpitava só de tocar nela.

Ao cruzar mulheres de meia-idade na rua, sentia-se irresistivelmente atraído por elas. Ao percebê-lo, censurava-se.

— Pareço um maníaco! — murmurava para si mesmo

Elas nem se pareciam com a viúva, de modo geral. O que o fazia lembrar dela era certo volume do quadril, típico das mulheres mais velhas.

Instantaneamente, vinha-lhe um desejo incontrolável. Tão fugaz quanto ele, entretanto, eram o doce torpor e o pavor absurdo pelos quais se via assolado. Era como cair em si depois de ter cometido um crime bárbaro. Que sentimento era aquele que o tornava um criminoso? Por mais que se questionasse, não vinha resposta. Em vez disso, vinha a saudade da viúva, cada vez mais forte.

Vez ou outra, Kikuji surpreendia-se relembrando a textura da pele daquela mulher, até dar-se conta de que pensava numa morta. Precisava fugir daquilo, caso quisesse se salvar. Essa era a sua impressão.

Tal volúpia doentia devia ser fruto de peso na consciência, pensava ele.

Kikuji guardou o Shino na caixa e foi se deitar.

Contemplava o quintal quando começou a trovejar. Soava longe, mas eram trovejadas muito fortes que, cada vez mais, iam se aproximando. A luz de um relâmpago rasgou o espaço entre as árvores do quintal. Mas quando veio a tromba-d'água, a trovoada já se distanciava. A chuva caía forte, revolvendo com seus pingos a terra do jardim.

Kikuji levantou-se e telefonou para Fumiko.

— A senhorita Ota mudou-se daqui... — comunicou alguém do outro lado da linha.

— Como? — Kikuji engoliu a seco.

Lembrou-se que Fumiko queria vender a casa.

— Eu não sabia. Desculpe-me. A propósito, saberia me informar o novo endereço dela?

— Sim. Poderia aguardar?

A mulher que o atendera devia ser a criada da casa. Retornou rapidamente e leu para ele um endereço, por certo anotado em algum papel.

Tratava-se da residência do senhor Tozaki. Também havia um número de telefone.

Kikuji resolveu ligar para lá.

Fumiko foi chamada e atendeu a ligação com uma voz jovial.

— Desculpe a demora.

— Senhorita Fumiko? Sou eu, Kikuji. Telefonei para sua casa...

— Desculpe-me — o modo de baixar o tom de voz em momentos como aquele parecia o de sua mãe.

— Quando se mudou?

— Bem... É que...

— E não ia me avisar!

— Estou morando com uma amiga. Consegui vender a casa há pouco tempo.

— Sei.

— Fiquei em dúvida se deveria avisá-lo ou não. No começo, estava determinada a não fazê-lo. Não achava certo. Mas, nos últimos tempos, comecei a ficar incomodada com o fato de ter desaparecido sem dar notícias.

— Deveria mesmo.

— Ora, é o que acha?

Kikuji sentia-se renovado à medida que conversavam, como se seu corpo estivesse sendo lavado. Seria possível sentir algo assim pelo telefone? Não sabia ao certo.

— Sabe o *mizusashi* de Shino? Toda vez que o vejo, fico com vontade de revê-la.

— É mesmo? Tenho mais um Shino guardado. Trata-se de um *chawan* menor, de formato cilíndrico. Cheguei a cogitar a possibilidade de ofertá-lo naquele dia, para que fizesse par com esse seu *mizusashi*. Mas, sendo uma peça que minha mãe costumava usar como um copo qualquer de cerâmica, sua marca de batom acabou estampada na borda...

— Como assim?

— É o que ela dizia.

— O batom de sua mãe está marcado em uma cerâmica?

— Não é que tenha sido marcado de propósito. Esse Shino tem naturalmente um tom rosado. Mas ela dizia que manchas de batom são difíceis de tirar quando impregnadas na cerâmica. Só agora pude notar, parece mesmo haver uma leve mancha na borda da peça.

Por que Fumiko comentava aquilo?

— Notou a chuva? Como está o tempo aí? — Kikuji tinha dificuldade de ouvir o que ela falava.

— Uma tempestade. Eu estava toda encolhida aqui, com medo dos trovões.

— Esse aguaceiro vai limpar o tempo. Estive doente nos últimos dias e hoje ainda estou em casa. Por que não vem me visitar?

— Obrigada pelo convite. Pretendia visitá-lo depois de estar empregada. Resolvi trabalhar — prosseguiu Fumiko, sem esperar o comentário de Kikuji. — Mas fiquei tão feliz com a sua ligação... Irei visitá-lo, sim. Sei que não é certo ficarmos nos encontrando assim, mas...

Passada a chuva, Kikuji levantou-se e pediu à criada que recolhesse sua cama.

Surpreendeu-se com a audácia de convidar Fumiko à sua casa, mas ficou ainda mais surpreso por ela ter aceitado o convite.

Como podia a nuvem negra do mal cometido com a viúva se dissipar daquele modo diante da voz da jovem? Era como se a voz da filha fizesse a mãe reviver nele.

Sacudiu o pincel de barba cheio de sabão em direção à moita do jardim, umedecendo-o com as gotas de chuva.

Logo após o almoço, ouviu alguém chegar. Acorreu em direção à porta, certo de que encontraria Fumiko. Para sua decepção, deparou-se com Chikako.

— Ah, é a senhora!

— Que calor, não? Vim ver como tem passado.

— Estive adoentado.

— Isso é ruim. Não está mesmo com uma aparência boa — comentou Chikako, franzindo a testa.

Fumiko por certo estaria usando um vestido comum, e não um traje oriental. Por que então julgara que o som do tamanco japonês de Chikako fosse o anúncio de chegada da jovem?

— Tratou dos dentes? — perguntou ele. — Está parecendo mais jovem.

— Aproveitei essa época de chuvas, quando não há muitas aulas a dar... Acho que ficaram brancos demais, mas é melhor assim, pois escurecem muito rápido.

Chikako encaminhou-se para o cômodo onde Kikuji esteve deitado e espiou o *tokonoma* vazio.

— De vez em quando é bom deixá-lo sem nada — argumentou Kikuji.

— Sim. Com toda essa umidade da chuva... Mas ainda assim um arranjo não seria de todo mal. — Dito isso, Chikako subitamente virou-se para ele e disparou: — O que fez com o Shino da senhora Ota?

Kikuji ficou calado.

— Não seria melhor devolver à filha dela?

— Isso diz respeito apenas a mim.

— Não é assim que as coisas funcionam.

— Mas certamente não é algo em que deva se meter.

— É o que você pensa — Chikako arreganhou sua dentadura branca. — Hoje vim aqui para lhe dizer algumas verdades.

De braços abertos para o alto, Chikako gesticulava como se espantasse algo acima de sua cabeça.

— Precisamos expulsar a malignidade desta casa.

— Pare com isso.

— Como sua casamenteira, trago algumas sugestões que merecem ser ouvidas.

— Se veio falar da senhorita Yukiko, agradeço muito, mas não estou interessado.

— Calma, calma. Não seja precipitado em recusar uma boa proposta, que eu sei ter sido do seu agrado, só porque tem cisma com a mediadora. As casamenteiras são apenas pontes, e pontes foram feitas para serem pisadas... Seu pai sentia-se livre o bastante para fazer isso comigo.

Kikuji achou o comentário repugnante. Quando entretida na conversa, os ombros de Chikako se encolhiam.

— Só estou dizendo a verdade. Sou diferente da senhora Ota. Sou muito mais fácil de lidar. Acho bom mesmo conversarmos francamente sobre isso, de uma vez por todas. É triste admitir, mas nem sequer posso ser considerada uma das amantes de seu pai. Tudo não passou de um simples caso... — confessou, o olhar voltado para o chão. — Mas não o odiei por isso. Desde então, ele sempre me procurou quando precisava... Os homens sentem-se mais à vontade para pedir favores às mulheres com as quais tiveram algum contato físico. Graças a ele, consegui desenvolver uma boa compreensão do mundo.

— É mesmo?...

— Portanto, sugiro que aproveite essa minha sabedoria.

Chikako retirou o leque preso no *obi*.

— Pessoas muito masculinas ou muito femininas não conseguem desenvolver esse bom senso.

— É mesmo? Quer dizer que o bom senso é reservado aos seres assexuados?

— Está sendo irônico comigo? Mas tem razão. Ser assexuado faz com que entendamos melhor o homem ou a mulher. Não acha estranho que a viúva Ota tenha tido a coragem de se matar, deixando a filha única sozinha no mundo? Estou começando a desconfiar que ela já tinha armado tudo. O senhor Kikuji haveria de tomar conta da filha depois que ela se fosse...

— Que absurdo!

— Estava ponderando algumas coisas e acabei deparando com essa possibilidade. Siga o meu raciocínio. Morrendo, a viúva Ota acabou atrapalhando seu possível noivado. Ela não morreria à toa. Devia haver algum plano por detrás disso.

— É coisa da sua imaginação doentia.

Embora retrucasse as palavras de Chikako, Kikuji via-se arrebatado por aquela estranha ideia. Sentiu-se como que atravessado por um raio.

— Comentou com a viúva Ota sobre a senhorita Yukiko, não foi? — indagou Chikako.

Ela estava certa, mas Kikuji preferiu desviar-se da pergunta.

— E quem foi que telefonou a ela mentindo que nosso casamento já estava acertado?

— Sim, fui eu. Disse-lhe claramente para não nos atrapalhar. Horas mais tarde, ela faleceu.

Houve um silêncio na sala.

— E como soube de meu telefonema para ela? Aquela mulher veio chorar em seus ombros? — A pergunta pegou Kikuji de surpresa. — Aposto que sim. Posso supor pelo grito de surpresa que ela soltou do outro lado da linha.

— Então, pode-se dizer que a matou.

— É mais fácil pensar assim, não? Estou acostumada a ser a vilã. Seu pai me fez assim, uma mulher capaz de ser fria e calculista, de acordo com as necessidades. Não que eu queira retribuir isso à sua família, mas, hoje, vim aqui fazer o meu papel de vilã.

Chikako parecia dar vazão à inveja e ao ódio acumulados durante todos aqueles anos. Era o que parecia a Kikuji.

— Podemos fingir que não sabemos de nada do que acontece nos bastidores... — completou Chikako, revirando os olhos. — Basta que fique aí, fazendo o seu papel. Franza a testa e finja que está incomodado com esta indesejável criatura se intrometendo em sua vida. Deixe comigo. Daqui

a pouco, vou livrá-lo do fantasma daquela mulher demoníaca e lhe arranjarei um bom casamento.
— Quer parar de insistir nesse assunto de casamento?
— Está bem, está bem. Também não me agrada em nada misturar esse assunto com o da viúva — respondeu ela, amansando a voz. — Não é que a senhora Ota fosse má pessoa... Ela só queria que você ficasse com a filha dela e, tacitamente, acabou deixando isso claro com a sua morte.
— Outra vez dizendo absurdos.
— E eu não tenho razão? Acredita que aquela mulher em vida nunca tenha pensado em juntá-lo à filha? Então, é mais tolo do que eu pensava. Ela dormia e acordava pensando no seu pai. Pode chamar isso de ingenuidade, mas a viúva parecia uma mulher possuída. No fim, acabou envolvendo até a filha em suas fantasias, sacrificando inclusive a própria vida... Para quem vê a situação de fora, soa como uma maldição ou praga, uma teia demoníaca armada para capturá-lo.

Os olhos de Kikuji encontraram-se com os dela. Ela o fitava de cima a baixo, com o preto de seus olhos quase escondidos sob as pálpebras superiores. Vendo que ela o encarava, desviou o olhar.

Apesar de a conversa ser desagradável, ele a deixou falar. Primeiro, porque tinha o que esconder. Depois, porque estava atordoado com as estranhas suposições de Chikako.

Será que a falecida viúva sonhava em uni-lo a sua filha? Essa era uma ideia que jamais passara em sua mente. Algo difícil de acreditar.

Só podia ser veneno proveniente da inveja de Chikako. Uma suposição tão feia e repugnante quanto a mancha incrustada em seu seio.

Contudo, aquela estranha ideia atingira Kikuji como um raio. Apavorou-se. Será que ele também não desejara a mesma coisa?

Há no mundo homens que se relacionam com mulheres que têm filhas e, pelas circunstâncias, acabam se apaixonando pelas jovens. Embora ainda se sentisse entorpecido pelos inebriantes abraços da viúva, seus sentimentos já poderiam ter migrado para a filha. Se não fora capaz de percebê-lo, teria então caído de fato na teia de uma maldição?

Só agora se dava conta de como sua personalidade havia mudado desde que conhecera a viúva. Sentia-se anestesiado.

— A senhorita Ota está a sua procura. Se o senhor estiver ocupado com a visita, peço-lhe que volte outra hora... — era a criada anunciando a chegada de Fumiko.

— De jeito algum. Ela ainda está aqui?

Kikuji levantou-se e foi ao seu encontro.

2

— Conforme combinamos...

Fumiko ergueu o olhar para Kikuji, esticando seu longo pescoço. Pôde vislumbrar uma sombra ligeiramente amarelada na suave depressão óssea que se formava entre sua garganta e seu peito. Um efeito da luz talvez, ou quem sabe o resultado do emagrecimento dela. O fato é que aquilo o confortava.

— Kurimoto está na outra sala.

Dizer isso não foi tão difícil quanto havia pensado. Ele estava preocupado com a reação de Fumiko, mas, ao vê-la, sua apreensão se dissipou. Sentia-se mais leve.

Ela já sabia da presença de Chikako.

— Vi a sombrinha dela na porta...

— Ah, aquele guarda-chuva grande?

Havia um guarda-chuva cinza, de cabo longo, encostado à entrada.

— Prefere me esperar na sala de chá? Kurimoto já está de saída.

Kikuji não compreendia por que, ciente da chegada de Fumiko, não mandara Chikako embora.

— Não me importo de falar com ela...

— Realmente? Então venha.

Como se desconhecesse a animosidade de Chikako, Fumiko entrou na sala e cumprimentou a antiga mestra. Também agradeceu-lhe os pêsames.

Chikako ajeitou-se inflando um pouco o peito e erguendo levemente o ombro esquerdo, como fazia quando ensinava suas alunas.

— Sua mãe era uma mulher muito gentil... Num mundo tão cruel com pessoas da natureza dela, sinto como se a última das flores tivesse murchado.

— Minha mãe não era tão boa assim — protestou Fumiko.

— Deve ter sido duro para ela deixá-la sozinha neste mundo.

Fumiko mantinha o olhar baixo. Mordia de leve seu lábio inferior.

— A melhor coisa para aplacar a solidão é a prática do chá.

— Sim... Mas temo não poder mais...

— Será bom para distrair.

— Não tenho mais condições para isso.

— Não diga uma coisa dessas! — gesticulava Chikako, soltando as mãos que estavam sobre o joelho. — Para dizer a verdade, vim visitar o senhor Mitani exatamente para isso. Queria aproveitar o fim da época de chuvas para reabrir a sala de chá.

Chikako olhava discretamente para Kikuji enquanto falava.

— Por que não nos faz companhia? — indagou ela.

— Como?

— Poderíamos usar o Shino deixado por sua mãe de lembrança para ele...

Fumiko ergueu o rosto e olhou surpresa para Chikako, que completou:

— Vamos relembrar histórias de sua mãe.

— Não gostaria de começar a chorar na sala de chá.

— Não se acanhe. Pode chorar. Daqui a pouco, quando o senhor Mitani estiver casado, eu também não poderei mais utilizar esta sala com tanta liberdade, apesar de ser um lugar tão cheio de lembranças para mim... — Chikako abriu um leve sorriso, mas logo retomou o ar cerimonioso. — Se a senhorita Yukiko vier a morar nesta casa...

Fumiko assentiu com a cabeça, mas não alterou a expressão. Só se via um leve abatimento no seu rosto redondo, tão parecido com o da mãe.

— Está sendo inoportuna. Não sabemos se esse assunto irá adiante — retrucou Kikuji.

— Por isso eu disse, "se" vierem a morar juntos. — Chikako sabia como ganhar uma discussão. — Coisas boas sempre atraem a inveja dos outros. Senhorita Fumiko, espero que seja discreta até que esteja tudo arranjado.

— Certamente — a jovem apenas concordou.

Chikako chamou a criada e saiu para preparar a sala. A voz dela atravessava o quintal.

— As folhas do chão estão escorregadias neste canto, tomem cuidado.

3

— Chovia tanto hoje de manhã que deve ter dado para ouvir o barulho do aguaceiro pelo telefone, não? — perguntou Kikuji.

— Será? Nem me dei conta... É, talvez o ruído fosse mesmo da chuva no seu quintal...

Fumiko olhou para o jardim. Podia-se ouvir, do outro lado da vegetação, o ruído do pano com que Chikako limpava a sala de chá. Kikuji voltou seu olhar para a mesma direção.

— Também eu não consegui distinguir muito bem se o som da chuva vinha daqui ou do seu lado. Mas foi uma tempestade tão terrível que dava essa impressão — comentou ele.

— Tive muito medo dos relâmpagos.

— É verdade, foi o que me disse ao telefone.

— Sou parecida com a minha mãe nessas pequenas coisas. Quando eu era criança, toda vez que relampejava, ela cobria minha cabeça com a manga de seu quimono. Durante o verão, ela sempre verificava o céu antes de sair de casa, preocupada se haveria relâmpagos ou não. Até hoje, quando vejo aquele brilho no céu, fico com vontade de cobrir o rosto.

Certo acanhamento parecia se insinuar na altura de seus ombros, em direção ao peito.

— Trouxe aquela cerâmica Shino da qual tinha lhe falado.

A jovem levantou-se e foi buscar o que deixara na entrada. Quando voltou, colocou diante de Kikuji uma caixa embrulhada. Como ele hesitava em abri-la, Fumiko puxou o embrulho e o desfez ela mesma.

— Sua mãe usava as cerâmicas Raku em dias normais para servir chá, não é mesmo? Eram peças de Ryonyu, se não me engano.

— Sim. Mas ela dizia que não se devia servir o *bancha* ou o *sencha* naquelas cerâmicas. Sendo elas pretas e vermelhas, não valorizavam a tonalidade desses chás.[24] Para servir-se deles, preferia fazer uso do Shino.

— Ela tinha razão. Quase impossível ver a cor do *bancha* no Raku preto...

Kikuji não parecia fazer questão de tocar no Shino colocado à sua frente, o que levou Fumiko a se desculpar.

— Sei que não se trata de uma peça tão boa...

— Pelo contrário, tenho certeza de que é excelente — disse ele, mas ainda assim não se atreveu a esticar o braço para pegá-la.

A peça era exatamente como Fumiko havia descrito ao telefone naquela manhã. Seu esmalte branco apresentava um leve toque avermelhado. Observando-o por algum tempo,

---

24. O *bancha* e o *sencha* são chás de infusão, de cor escura translúcida. Enquanto o *matcha*, usado na cerimônia do chá, é verde vivo. O *bancha* é um tipo comum de chá, de cor amarronzada, e o *sencha*, um pouco mais nobre, de cor esverdeada.

parecia que aquela tonalidade rubra emergia de dentro do branco. Toda a borda era ligeiramente amarronzada, havendo apenas uma faixa mais escura. Seria ali onde a boca tocava? A bebida bem podia ter-lhe tingido a borda, ou então, seriam os lábios de alguém que a maculara. Aquela suave mancha marrom, à medida que era olhada, começava a parecer rosa. Seria mesmo a marca de batom da viúva impregnada na cerâmica, como Fumiko lhe contara?

Kikuji também reparou numa coloração marrom--avermelhada nas trincas naturais da cerâmica. Era um tom parecido com o de um batom desbotado, uma rosa vermelha murcha... Mas quando o associou a uma mancha seca de sangue, sentiu-se enjoado. Tinha a sensação de um embrulho no estômago mesclado a uma certa sedução que o fascinava.

No corpo da cerâmica, havia uma planta de folhas largas, pintada com tinta preto-azulada. Em alguns pontos, as folhas apresentavam pequenas manchas cor de ferrugem. Elas inspiravam tamanha simplicidade e saúde que sua visão foi suficiente para afastar o desejo doentio de Kikuji.

O *chawan* também tinha um formato elegante.

— É uma boa peça — comentou Kikuji, pegando-a, enfim.

— Não entendo nada disso, mas minha mãe a adorava, utilizando-a com frequência.

— A cerâmica ideal para uma mulher.

A mulher que havia na mãe de Fumiko voltou-lhe à mente. Por que a jovem fizera questão de lhe trazer um Shino manchado pelo batom de sua mãe? Seria ingenuidade ou sarcasmo da parte dela? Ele não conseguia entender.

A única coisa que percebia era a absoluta falta de resistência por parte de Fumiko. Kikuji girou o *chawan* em suas mãos para observá-lo de todos os ângulos, mas evitou tocar-lhe a borda.

— Guarde-o. Não quero dar motivo para a enxerida Kurimoto dizer alguma coisa.

— Está bem — concordou Fumiko, acomodando o *chawan* dentro da caixa e, em seguida, embrulhando-o novamente.

Por certo, ela havia levado a peça para ofertá-la a Kikuji, mas parecia constrangida em fazê-lo. Porventura tinha medo de não tê-lo agradado. Levantou-se de novo para deixar a caixa na entrada.

Nesse momento a figura de Chikako surgiu curvada, vinda do quintal.

— Onde está o *mizusashi* da viúva Ota?

— Por que não usa uma peça da casa? Tenha consideração pela filha dela que está aqui...

— É exatamente por ela se encontrar presente que devemos usar a peça. A intenção é relembrarmos a viúva, usando o Shino que um dia foi dela.

— E o ódio que sente da viúva Ota?! — exclamou.

— Não há ódio coisa alguma! Nossos gênios é que não combinavam. Também não há por que eu odiar uma pessoa morta. Pelo fato de nossos gênios serem tão diferentes, nunca a compreendi direito. O que, em alguns aspectos, me deu condições de ver claramente como ela era debaixo daquela máscara.

— Olhar debaixo de máscaras parece ser uma habilidade sua...

— Se o incomoda, tente não mostrar o que há sob a sua.

Fumiko voltou pelo corredor e sentou-se próximo à porta.

— Ficará incomodada se usarmos o Shino de sua mãe? — indagou Chikako à jovem, fitando-a por cima de seu ombro esquerdo.

— Imagine. Sinta-se à vontade.

Kikuji levantou-se para pegar o *mizusashi* que acabara de guardar no armário. Chikako prendeu seu leque no *obi* do quimono, tomou a caixa nas mãos e retornou à sala de chá.

— Tomei um susto hoje de manhã, quando me disseram que havia se mudado. Providenciou sozinha a venda da casa e tudo o mais? — Kikuji aproximara-se da porta para conversar com Fumiko mais de perto.

— Sim. Mas foi fácil, pois a vendi para um conhecido. Ele mora em Oiso, numa casa menor, e havia me proposto uma permuta, a qual recusei. Por menor que seja a residência, não me sentiria segura morando sozinha. Para quem pretende trabalhar fora como eu, é melhor alugar um quarto na casa de pessoas de confiança. Assim, por enquanto, resolvi ficar com uma amiga.

— Já arrumou emprego?

— Ainda não. Só agora me dei conta de que não possuo nenhuma profissão — respondeu Fumiko, sorrindo. — Por isso, pretendia visitá-lo apenas depois de arranjar uma ocupação. Para mim, seria muito triste encontrá-lo nesta fase em que me encontro sem casa, sem emprego, solta no mundo por completo.

Justamente em períodos como aquele é que ela deveria procurá-lo. Era o que Kikuji gostaria de lhe ter dito. No entanto, a Fumiko que estava diante dele não parecia triste.

— Eu também gostaria de me livrar desta casa, sempre adio uma decisão. Como a intenção é vendê-la, não conserto mais nada, nem as calhas nem o velho tatame. Está tudo desse jeito, como pode ver.

— Imagino que realizará a cerimônia de casamento nesta casa. Terá a oportunidade de reformá-la... — interveio Fumiko, sem ironia.

— Está se referindo àquela conversa da Kurimoto? Acha que tenho cabeça para assuntos de casamento depois do que aconteceu?

— Por causa de minha mãe? Já partilhou com ela todas as tristezas... Não estaria na hora de deixá-la para trás e seguir seu caminho?

4

Chikako era mesmo experiente e preparou tudo com muita rapidez.

— O que achou da combinação deste *mizusashi* com os outros utensílios?

Eis uma pergunta que Kikuji não sabia responder. Manteve-se em silêncio, e Fumiko também. Ambos contemplavam o *mizusashi* de Shino. A peça, que servira de vaso de flores no altar da viúva Ota, agora era manipulada por Chikako. A filha que a herdara da mãe, por sua vez, a depositara nas mãos de Kikuji. O destino trilhado por aquele *mizusashi* parecia estranho, mas quiçá assim o fosse com todos os utensílios usados na cerimônia do chá.

Durante os trezentos ou quatrocentos anos decorridos desde a sua criação, antes mesmo de a viúva se tornar proprietária dessa peça, quantas foram as mãos que nela tocaram?

— Colocada ao lado do ferro do braseiro ou da chaleira, a cerâmica Shino adquire ainda mais beleza — disse Kikuji para Fumiko. — Sem perder a imponência, é capaz de disputar com o metal.

A superfície branca do Shino revelava uma profundidade intensa, mas lustrosa.

Kikuji dissera, no telefonema a Fumiko, que sentia vontade de reencontrá-la cada vez que via o Shino. Na pele alva da mãe dela, teria ele encontrado aquela intensa profundidade de mulher?

Fazia calor e Kikuji resolveu deixar a porta da sala de chá aberta.

Folhas verdejantes de bordo podiam ser entrevistas da janela atrás de Fumiko. A sombra escura das folhas sobrepostas cobria os cabelos da jovem. Seu longo pescoço alvo iluminava-se na claridade da janela. Os braços pálidos pareciam não vestir uma manga curta havia tempos. Longe de ser gorda, tinha os ombros arredondados, assim como eram roliços os seus braços.

Chikako também observava o *mizusashi*.

— Perceberam como o *mizusashi* precisa ser usado no ritual do chá? Só assim ele tem sentido. É um desperdício usá-lo para as flores.

— Mas minha mãe também o usava para arranjos florais — interveio Fumiko.

— É um sonho ter o *mizusashi* de sua mãe novamente em uma cerimônia do chá, não? Aposto que ela está feliz nos vendo agora de onde estiver.

Talvez Chikako estivesse sendo sarcástica, mas Fumiko manteve a discrição.

— Creio que isso não importa agora, pois ela própria o usava como vaso. Além do mais, eu não me interesso mais pela prática do chá.

— Não diga uma coisa dessas! — retrucou Chikako, e, contrariada, olhou ao redor. — Este é o lugar onde mais me sinto em paz. E saiba que eu já visitei várias salas de chá.

Voltou-se para Kikuji.

— Ano que vem fará cinco anos que seu pai se foi. Sugiro que promova uma cerimônia do chá para homenageá-lo.

— Boa ideia. Acaso não seria divertido convidar as pessoas e realizar uma cerimônia com toda sorte de utensílios falsificados?

— O que está dizendo? Seu pai nunca teve nenhum utensílio falsificado.

— É mesmo? Mas não seria engraçado um ritual com tudo falso? — jogou a pergunta para Fumiko. — Para mim, este ambiente mofado sempre pareceu infestado de gás venenoso. Se promovêssemos uma cerimônia com tudo falso, a brincadeira talvez servisse para dissipar esse mau fluido. Poderia ser uma ocasião para eu me despedir de meu pai e cortar definitivamente as relações com o chá. Muito embora, ao meu ver, essa relação já tinha acabado faz tempo...

— Mas esta velha insiste em vir aqui para usar a minha sala de chá. É isso que quer dizer? — retrucou Chikako, sem parar de mexer o *chasen*.[25]

— De certo modo.

— Não admito que me trate assim. Contudo, se vier a estabelecer novos laços, nada o impede de cortar os antigos.

Chikako ofereceu o chá para Kikuji, empurrando o *chawan* em sua direção.

— Senhorita Fumiko, ao ouvir o senhor Mitani falar, não crê que o Shino de sua mãe veio parar no lugar errado? Quando olho para esta peça, parece que vejo o rosto dela estampado em sua superfície.

---

25. Misturador de chá em formato de pincel grosso, feito de cerdas de bambu nas pontas, arredondadas e presas à base.

Após beber o chá, Kikuji deixou o *chawan* e voltou-se para o *mizusashi*. Estava preocupado. Suspeitava de que a imagem refletida no verniz escuro da tampa fosse a da própria Chikako.

Fumiko, no entanto, parecia distraída. Para Kikuji, era difícil saber se ela almejava não contrariar Chikako ou simplesmente ignorá-la. Também não entendia como ela conseguia estar sentada na mesma sala que aquela velha raposa sem se alterar.

A jovem parecia não se importar com as insinuações de Chikako sobre o provável casamento de Kikuji. Como se quisesse descontar a antipatia de anos que nutria por mãe e filha, tudo o que Chikako dizia tinha o intuito de humilhar Fumiko. Mas a jovem não demonstrava contrariedade.

Era provável que a tristeza dela fosse tão grande que insultos como aqueles não a atingissem. A morte da mãe poderia tê-la chocado a ponto de levá-la a sublimar aquele tipo de ataque. Ou então, ela poderia ter herdado a personalidade materna, sendo uma mulher estranhamente ingênua.

No entanto, Kikuji não se mostrou disposto a proteger Fumiko do ódio e da humilhação impostos por Chikako. Ao se dar conta disso, chegou à conclusão de que o mais perverso de todos era ele.

A imagem de Chikako bebendo o chá que ela própria havia preparado também era sinistra aos olhos de Kikuji.

Chikako retirou um pequeno relógio dentre as pregas do *obi*.

— Esses relógios pequenos não são bons para meus olhos de velha... Por que não me oferta um daqueles de bolso que pertenceram ao seu pai?

— Não há nenhum relógio de bolso — objetou Kikuji.
— Há, sim. Ele sempre os usou. A senhorita Fumiko já deve ter visto algum na época em que seu pai frequentava a casa dela — retrucou Chikako, com a expressão dissimulada.

Fumiko desviou o olhar.

— São duas e dez? Com minha vista embaçada, não distingo bem esses ponteiros sobrepostos.

Naqueles trejeitos transparecia uma mulher ativa.

— A senhorita Yukiko montou um grupo para mim. Vou dar aula para elas às três da tarde. Só passei aqui antes para saber de sua resposta.

— Sobre esse assunto, diga-lhe claramente que eu não estou interessado.

— Sim, sim, lógico que serei clara com ela. — Com o tom jocoso, Chikako fez que não entendeu a recusa de Kikuji. — Espero que, em breve, as aulas desse grupo possam ser feitas nesta sala de chá.

— Quem sabe, se a senhorita Yukiko comprar esta casa para ela. Estou mesmo pensando em vendê-la.

— Senhorita Fumiko, vamos embora juntas? — Chikako ignorou a última frase de Kikuji, dirigindo-se à jovem.

— Sim.

— Então me espere. Vou arrumar tudo rapidinho.

— Posso ajudá-la.

— Seria ótimo.

Chikako mal respondeu e já foi se encaminhando em direção à cozinha. Ouvia-se o som da torneira.

— Não precisa ir embora. Não vá com ela — suplicou Kikuji em voz baixa.

— Tenho medo — Fumiko balançou a cabeça.

— Medo do quê?

— Dela.

— Então vá com ela, mas a despiste e volte para cá.

Fumiko balançou de novo a cabeça negativamente e levantou-se, alisando a parte de trás de seu vestido de verão.

Kikuji estava pronto a alcançá-la com seus braços. Parecia-lhe que ela estava prestes a tombar. Com esse gesto, Fumiko enrubesceu.

A maçã do seu rosto tinha corado levemente no momento em que Chikako referira-se ao relógio de bolso. Agora, aquele embaraço parecia explodir em sua fronte.

Fumiko pegou o *mizusashi* de Shino e dirigiu-se à cozinha.

— Ora, tinha certeza de que traria primeiro a peça de sua mãe.

A voz de Chikako parecia mais rouca que o normal.

LIVRO QUINTO

A estrela dupla

1

Tanto Fumiko quanto Yukiko haviam se casado. Foi o que Chikako tinha ido comunicar.

Era verão e o céu permanecia claro até por volta das oito e meia da noite. Depois do jantar, Kikuji deitou-se na varanda a observar a cestinha de vaga-lumes adquirida por sua criada no mercado. Com a chegada da noite, a luminosidade esbranquiçada dos insetos foi se amarelando, e ele permaneceu ali onde estava, sem sequer se levantar para acender as luzes.

Havia tirado alguns dias de folga para visitar um amigo em sua casa de campo, localizada no lago Nojiriko. Acabara de retornar de lá.

O amigo era casado e tivera um filho havia pouco. Não habituado aos bebês, Kikuji nem sequer imaginava o tamanho que deveria ter uma criança com alguns meses de vida, quanto menos se aquela à sua frente era bem desenvolvida ou não.

— Ele está bem grande — resolveu arriscar.

— Não propriamente. Quando nasceu, era tão franzino a ponto de causar dó. Só agora está alcançando o peso ideal — respondeu a mãe do bebê, orgulhosa.

— Não pisca os olhos? — perguntou Kikuji, abanando a mão diante do rosto do bebê.

— Ele já enxerga, mas ainda vai demorar um pouco para piscar.

O bebê não havia completado os cem dias ainda, mas a Kikuji parecia que ele tinha muito mais tempo de vida. Isso explicava o porquê da esposa de seu amigo estar com o cabelo desalinhado e o rosto pouco corado. Estava claramente abatida em função do parto.

Kikuji sentiu-se deslocado no meio daquela família. Tudo girava em torno do bebê. Já no trem de volta para casa, a única coisa da qual se recordava, porém, era a figura daquela mãe. Uma mulher de aparência pacata, abatida como se lhe tivessem extraído a vida, mas que carregava o filho de lá para cá, completamente encantada com a sua cria. Na cidade, o casal morava com os pais e irmãos, numa família numerosa. Por certo, teria sido um grande alívio para ela e para o recém-nascido permanecerem um tempo longe de casa.

Agora, deitado na varanda de sua casa, Kikuji evocava aquela mãe com uma saudade e uma admiração quase sagradas. Foi então que Chikako bateu à sua porta.

Sem nenhuma cerimônia, foi logo adentrando a sala.

— Ora, ora. O que faz aqui nessa escuridão? — e sentou-se no corredor, próximo aos pés dele. — Tenho pena de gente solteira. Não tem quem lhe acenda a luz quando está com preguiça.

Kikuji encolheu as pernas. Ficou assim por alguns instantes, mas não aguentou e resolveu se levantar.

— Não se incomode comigo — interveio ela, gesticulando para que ele permanecesse deitado. Cumprimentou-o então com mais educação.

Havia ido a Kyoto, passando por Hakone na volta, contou ela. Em Kyoto, encontrara-se com Oizumi, um vendedor de utensílios para cerimônias do chá.

— Havia tempos que eu não falava tanto de seu pai. Oizumi quis me mostrar a hospedaria que ele costumava frequentar e fomos até o bairro de Kiyamachi. Aposto que seu pai levava a viúva Ota para lá. Oizumi insistiu para que eu ali me hospedasse, mas seria impossível. Foi muita falta de sensibilidade da parte dele. Os dois estão mortos. Quem garante que não viriam me assombrar à noite?

Dizer isso por si só já era demonstração da própria insensibilidade dela, pensou Kikuji. Mas preferiu manter-se calado.

— Andou viajando para os lados do lago Nojiriko? — indagou ela.

Chikako sabia a resposta, mas perguntava como se não a soubesse. Por certo, arrancara a informação da criada tão logo adentrara a casa. Uma de suas especialidades, como a de entrar nos lugares sem ser anunciada.

— Acabo de chegar de lá — respondeu ele com evidente mau humor.

— Eu voltei há uns dias. — Chikako cortou a fala de Kikuji e logo disparou, erguendo ligeiramente o ombro esquerdo:
— E qual não foi minha surpresa ao saber das novidades. Fiquei decepcionadíssima. Foi falha minha e nem sei o que lhe dizer.

A filha da senhora Inamura havia se casado, foi o que ela dissera.

Felizmente, a surpresa de Kikuji ocultou-se na escuridão da varanda.

— Não diga! Quando? — disse, tentando aparentar calma.

— Fala como se não lhe dissesse respeito — retrucou Chikako, com certo cinismo.

— É lógico. Não fui eu mesmo a rejeitar esse assunto várias vezes?

— Apenas para constar. O que você queria era ficar contra mim, a velha intrometida que, apesar de seu "desinteresse", insiste nessa história. Que amolação! Mas bem que a moça não é de se jogar fora...

— Do que está falando? — Kikuji soltou um riso de escárnio.

— Tenho certeza de que gostou dela.

— Parece ser uma boa pessoa.

— Eu sabia. Desde o começo.

— Mas não é pelo fato de ser uma boa pessoa que eu devo me casar com ela.

No entanto, desde o momento em que ouvira a notícia do enlace da jovem, o coração de Kikuji, sedento, tentava desesperadamente lembrar-se de sua figura.

Ele só havia visto Yukiko duas vezes. A primeira, na cerimônia do chá no templo Engakuji, quando Chikako levara a jovem a fazer uma demonstração, com a intenção de exibi-la a ele. Durante o preparo do chá, seus gestos eram simples e elegantes. Kikuji ainda trazia fresca na memória a imagem dos ombros e das mangas do quimono de Yukiko, bem como de seus cabelos, iluminados sob a divisória de papel-arroz por onde se projetavam suavemente as sombras das árvores próximas. Só não conseguia recordar-se muito bem de suas feições. Já o *fukusa* vermelho e o lenço de tsurus brancos que a jovem levava quando se dirigia à sala de chá eram-lhe vivas lembranças.

A segunda, quando ela estivera em sua casa, na mesma ocasião em que Chikako fora até lá para abrir a sala de chá. No dia seguinte, ainda podia sentir o perfume da jovem impregnado no ar. Lembrava-se bem da flor-de-íris de seu *obi*, mas era-lhe vaga sua silhueta.

Mal se recordava do rosto de seu pai e de sua mãe, falecidos poucos anos antes. Só conseguia ter uma visão clara de ambos diante de suas fotografias. Talvez assim o fosse porque, quanto mais próxima ou amada a pessoa, mais difícil é descrever seu rosto com detalhes. Por outro lado, quanto mais feia a figura, mais fácil guardá-la na memória.

Enquanto os olhos e a face de Yukiko eram, para Kikuji, abstratos como a luz, a mancha que cobria o seio de Chikako constituía-lhe uma lembrança concreta, como o rastro de um sapo asqueroso.

Apesar da escuridão da varanda, Kikuji sabia que Chikako usava vestes íntimas de um crepe de algodão branco, feito na região de Ojiya. Não que as enxergasse realmente através do quimono — isso não seria possível nem se houvesse claridade —, mas uma simples evocação da memória trazia-lhe a nítida imagem da mancha sob a roupa íntima. O que os olhos já não viam, a lembrança se incumbia de avivar.

— Se gostou dela, não teria por que deixá-la escapar. Lembre-se, só há uma Yukiko Inamura neste mundo. Mesmo que procure por toda sua vida, nunca mais encontrará alguém como ela. É algo muito simples, mas que ainda não entendeu — ponderava Chikako, em tom definitivo. — É muito cômodo julgar as coisas sem ter experiência de vida. Agora são águas passadas. O destino os afastou para sempre. A senhorita Yukiko estava bastante animada com a possibilidade desse enlace. Caso ela venha a se tornar infeliz no outro matrimônio, a culpa será toda sua.

Kikuji nada respondeu.

— Pôde perceber que moça ela é. Aguentaria vê-la, daqui a alguns anos, chorando arrependida por não terem se casado?

A voz de Chikako transbordava veneno. Se Yukiko já estava casada com outro, de que adiantava dizer tais coisas?

— Vaga-lumes, nessa época? — disparou Chikako. — Já estamos na época dos insetos de outono. Quem diria ver vaga-lumes ainda vivos... Parecem fantasmas.

— A criada os comprou.

— Não dá para esperar muito das criadas. Gafes como essas não ocorreriam na sua casa se fosse um adepto da arte do chá. No Japão, respeitamos as estações. É assim para nós.

Ouvindo-a falar, Kikuji notou que a luz dos vaga-lumes parecia realmente fantasmagórica. Lembrou-se de que, às margens do lago Nojiriko, ouvira o zunido dos insetos de outono. De fato, ver aqueles vaga-lumes vivos era algo estranho.

— Se tivesse uma esposa, ela não o deixaria se perder nas estações do ano — comentou, num tom agora melancólico. — Eu esperava ter a chance de retribuir tudo que seu pai fez por mim, arranjando-lhe o casamento com a senhorita Yukiko.

— Retribuir?

— Sim. Mas enquanto se deixava ficar aí, deitado no escuro a observar vaga-lumes, até mesmo a senhorita Fumiko acabou contraindo núpcias.

— Quando?!

Kikuji foi pego de sobressalto. A surpresa superou a anterior, quando soubera de Yukiko. Mal conseguiu disfarçar sua emoção e incredulidade, que ficaram evidentes a Chikako.

— Eu também fiquei boquiaberta logo que soube, ao chegar de Kyoto, que as duas moças tinham se ajeitado, uma após a outra. Gente jovem é rápida nessas coisas — lamentava Chikako —; a senhorita Yukiko não tinha nada que se casar, justo agora que a senhorita Fumiko o deixaria em paz. Não acredito que a senhora Inamura tenha feito tal desfeita comigo. Tudo culpa de sua indecisão.

Kikuji ainda não conseguia acreditar que Fumiko havia se casado, mas Chikako continuava a falar.

— Será possível que a viúva Ota insiste em atrapalhar sua vida, mesmo depois de morta? A salvação é que, com a senhorita Fumiko saindo de cena, toda a aura maligna foi expurgada desta casa — arrematou Chikako, voltando seus olhos para o quintal. — Agora, bem que o senhor poderia cuidar um pouco do jardim. Mesmo no escuro, dá para notar que a vegetação está ao léu. Horrível!

Desde a morte de seu pai, havia quatro anos, Kikuji nunca mais chamara o jardineiro. O jardim estava de fato abandonado. Notava-se pelo cheiro abafado do calor da tarde emanado das moitas.

— Aposto que sua criada não se dá ao trabalho sequer de regar as plantas. Deveria instruí-la nessas coisas.

— Não se intrometa onde não é chamada!

Apesar de franzir a testa para tudo o que Chikako dizia, não conseguia fazê-la parar. Sempre fora assim. Ao mesmo tempo em que lançava frases cínicas, tentava agradá-lo, buscando investigar sua vida. Ele já conhecia tal tática, ficava contrariado e até se precavia. Mas Chikako, ciente das ressalvas por parte dele, fingia não perceber. A não ser em algumas ocasiões em que se tornava conveniente fazê-lo.

Raramente lançava ironias inesperadas. Na maioria das vezes, trazia à baila os assuntos mais perturbadores para Kikuji.

Era o que fazia naquela noite. Anunciara os matrimônios de Yukiko e Fumiko apenas para espreitar a reação dele. Apreensivo, Kikuji perguntava-se qual seria a real intenção de Chikako com aquilo. Queria afastá-lo de Fumiko para arranjar o casamento dele com Yukiko, mas se as duas se ajeitaram, que motivos teria ela para retomar o assunto? No entanto, ali estava Chikako, ávida para alcançar as sombras mais escuras de seu coração.

Kikuji chegou a pensar em levantar e acender a luz da sala ou da varanda. Não era adequado conversar com Chikako naquela penumbra. Estavam longe de ser íntimos assim. Kikuji não dava mais atenção às coisas que ela falava. Nem mesmo quando se intrometera nos cuidados com o jardim. Considerava aquilo parte da personalidade dela. Acima de tudo, estava com preguiça de se levantar.

Chikako também havia reclamado do breu logo que entrara, mas não fizera questão de acender a luz. Ela era o tipo de mulher que prestava atenção em coisas do gênero, estando sempre pronta a servir. Pelo jeito, a prontidão dela para com Kikuji havia esmorecido. Quem sabe ela estivesse se acalmando em função da idade, ou talvez quisesse preservar a dignidade adquirida como mestra de chá.

— O tal Oizumi, de Kyoto, mandou-lhe um recado. Caso decida vender os utensílios de chá de seu pai, ele gostaria de intermediar a transação das peças — Chikako falava calmamente. — Agora que a senhorita Yukiko escapou-lhe por entre os dedos, terá de dar um outro rumo à vida. Talvez queira recomeçar do zero. Nesse caso, aposto que os utensílios de chá da sua família não lhe terão mais serventia. Fico triste de ver chegar ao fim uma tradição mantida desde a época de seu pai, mas a verdade é que a sua sala de chá nem sequer é usada. Só é aberta quando eu venho arejá-la, não é mesmo?

Agora a intenção de Chikako estava clara para Kikuji. Já que ela falhara em uni-lo a Yukiko, resolveu voltar sua atenção aos utensílios de seu pai. Deveria estar mancomunada com o vendedor. Por certo, já havia acertado tudo com Oizumi, quando o encontrara em Kyoto.

Em vez de ficar com raiva, Kikuji sentiu que um peso lhe foi tirado dos ombros.

— Estava mesmo pensando em vender a casa. É possível que chame Oizumi em breve.

— Seu pai o conhecia. Nada melhor que lidar com gente de confiança — acrescentou Chikako.

Pensou que certamente ela conhecia melhor que ele todos os utensílios de chá existentes na casa. Quiçá já tivesse, inclusive, calculado seus ganhos.

Kikuji voltou seu olhar em direção à sala de chá. À sua frente, flores brancas de uma grande oleandra resplandeciam sob a forma de uma tênue mancha. A única claridade no céu daquela noite, tão escuro que se fundia com a vegetação.

2

Kikuji foi detido pelo toque do telefone quando saía do escritório, no fim do expediente.
— Olá, aqui é Fumiko — falou uma voz quase sumindo.
— Alô? Mitani falando...
— Aqui é Fumiko.
— Sim, eu ouvi.
— Desculpe-me por ligar de repente, mas há uma coisa urgente que preciso lhe dizer, antes que seja tarde demais.
— Sim?
— Enviei-lhe uma carta pelo correio ontem, mas esqueci de colar os selos.
— É mesmo? Ainda não recebi.
— Comprei uns dez selos. Pus a carta na caixa do correio e, quando cheguei em casa, todos os selos estavam comigo. Eu devia estar bem distraída. Gostaria de me desculpar antes que a recebesse.[26]
— Não se preocupe. Não é nada tão grave... — "Seria uma carta anunciando o casamento dela?", pensou Kikuji.
— Alguma boa notícia?

---

26. No Japão, uma carta sem selo pode chegar ao seu destino, até mesmo nos casos em que não consta o endereço do remetente, cabendo ao destinatário pagar pelos selos no ato da entrega.

— Como? Fiquei pensando o quanto seria estranho enviar-lhe uma carta, já que sempre conversamos pelo telefone. Foi por esse motivo que acabei me esquecendo dos selos.

— Onde está agora?

— Num telefone público, aqui na estação de Tóquio... Já tem gente esperando na fila.

— Um telefone público? — estranhou Kikuji. Não havia muito a dizer, por isso, restringiu-se a parabenizá-la.

— Como?! Parabéns? Bem, obrigada. Finalmente consegui... Mas como soube?

— Kurimoto veio me avisar.

— A senhora Kurimoto?... Como será que soube? Ela é terrível.

— Ainda bem que não vai mais precisar vê-la. Da última vez que conversamos pelo telefone, ouvíamos o som da tempestade, lembra?

— É, foi o que disse. Naquela ocasião, fiquei em dúvida se o avisava ou não de minha mudança para a casa de uma amiga. Desta vez, aconteceu a mesma coisa.

— Ah, prefiro que me avise! Como tomei conhecimento da novidade pela Kurimoto, também hesitei, pensando se deveria telefonar para parabenizá-la ou não.

— Não queria perder o contato — comentou Fumiko, com o tom de voz baixo, quase sumindo, como o de sua mãe. — Mesmo sabendo que o certo seria eu desaparecer de sua vida.

Kikuji aquietou-se.

— É um apartamento pequeno, mas o encontrei ao mesmo tempo que arranjei meu emprego — continuou Fumiko, depois de um breve silêncio.

— Sim?...

— Trabalhar nesse calor tem me cansado bastante.

— Com toda razão. Ainda por cima recém-casada...

— Como?! Recém-casada? O que disse?

— Meus parabéns.

— Ora! Casada, eu? Está brincando.

— Não se casou?

— Eu? Não...

— Está dizendo então que não contraiu núpcias?

— De jeito nenhum! Como poderia eu me casar num momento como esse? Logo depois de ver minha mãe morrer daquele jeito?...

— Bem...

— Foi a senhora Kurimoto que lhe disse isso?

— Sim.

— Por que ela lhe falaria uma coisa dessas? Eu não entendo. Como pôde acreditar nisso? — Fumiko lançava as perguntas como se as fizesse para si mesma.

— Não devemos falar disso pelo telefone. Vamos nos encontrar — disse Kikuji de repente, de maneira enérgica.

— Certo.

— Eu irei até a estação de Tóquio. Espere-me aí.

— Mas...

— Ou prefere combinar em outro lugar?

— Não acho bom nos encontrarmos num lugar público. Irei até sua casa.

— Vamos juntos, então?

— Se formos juntos, dará na mesma.

— Não quer passar no escritório?

— Não. Prefiro ir sozinha.

— Entendo. Então, eu já vou para casa. Se chegar lá antes de mim, entre e me espere.

Se Fumiko tomasse o trem na estação de Tóquio, certamente chegaria antes dele, dizia a si mesmo. Mesmo assim, acalentando a esperança de tomar o mesmo trem que ela, procurava-a em meio à massa de passageiros da estação.

Como havia calculado, Fumiko chegara antes dele.

A criada avisou-o que ela o aguardava no quintal. Kikuji tomou o caminho do corredor, ao lado da entrada, indo diretamente ao jardim, sem adentrar a casa. Deparou com Fumiko sentada sobre uma pedra, na sombra da oleandra.

Já havia uns quatro ou cinco dias, desde a última visita de Chikako, que a criada vinha regando as plantas, sempre antes da volta de Kikuji do trabalho. Utilizava-se da torneira localizada no centro do jardim, que, descobriram, ainda funcionava. A base da pedra na qual Fumiko encontrava-se sentada estava úmida, portanto.

As oleandras, quando carregadas de folhas verde-escuras e flores vermelhas, assemelham-se a uma tocha em flor, mas quando suas flores são brancas, elas esbanjam opulento frescor.

Seus ramos balançavam suavemente, envolvendo a figura de Fumiko. Tal como as flores, o vestido de algodão que ela trajava era branco, sendo as bordas da gola e dos bolsos arrematadas com uma estreita fita azul-marinho.

Os raios do pôr do sol transpassavam os galhos da oleandra, derramando-se diante de Kikuji.

— Seja bem-vinda — disse, aproximando-se da jovem de modo afetuoso.

Fumiko parecia querer dizer algo antes de Kikuji, mas encolheu os ombros e levantou-se:

— Vim, conforme combinamos ao telefone...

Talvez Fumiko tenha tido a impressão de que Kikuji se aproximara dela para pegar-lhe a mão.

— Vim correndo por causa daquilo que me contou. Precisava corrigir o engano...

— Sobre o fato de ter se casado? Eu também levei um susto.

— Susto? Qual o maior deles?

— Quer saber se minha perplexidade foi maior quando me disseram que se casara ou quando me disse que não o fez? Fiquei surpreso em ambos os casos. Tenha certeza disso.

— Nas duas vezes?

— Evidente que sim — respondeu Kikuji, tomando o caminho de pedras no meio do jardim.

— Vamos entrar — convidou-a. — Poderia ter me esperado lá dentro, sem nenhum problema, sabe disso — comentou, sentando-se na varanda. — Outro dia, eu descansava exatamente aqui, quando Kurimoto apareceu de repente. Já era noite.

Nesse momento, ouviu a criada chamá-lo de dentro da casa. Provavelmente, querendo saber do jantar que lhe pedira para preparar antes de deixar o escritório. Entrou na casa para instruí-la e aproveitou para trocar de roupa, vestindo um quimono de tecido nobre.

Quando voltou, notou que Fumiko, por seu lado, havia retocado a maquiagem.

— O que a senhora Kurimoto disse? — indagou a jovem, esperando Kikuji se sentar.

— Apenas que havia se casado...

— E acreditou em tal absurdo?

— Não parecia ser uma mentira...

— Nem sequer desconfiou? — perguntou, com os olhos repletos de lágrimas. — Como poderia eu pensar em me casar agora? Acha mesmo que eu seria capaz disso? Depois de tudo o que eu e minha mãe sofremos, de todas as tristezas que partilhamos uma com a outra? As feridas ainda nem curaram...

Ela falava como se a mãe ainda estivesse viva.

— Sei que tanto eu como ela tendemos a abusar da compreensão alheia, mas uma parte de nós quer acreditar que os outros entendem esse nosso jeito. Será ilusão nossa? Apenas o reflexo de nossa alma que procuramos encontrar nos outros?

A voz de Fumiko parecia engasgar em soluços. Após um breve silêncio, Kikuji disse:

— Eu também lhe perguntei a mesma coisa, se achava que eu seria capaz de casar num momento como esse, lembra-se? Foi no dia da tempestade.

— Refere-se ao dia dos trovões?

— Sim. E hoje me devolve a pergunta.

— Uma coisa não tem nada a ver com a outra.

— A senhorita mesmo insistiu várias vezes para que eu me casasse.

— Mas é diferente — replicou Fumiko, com os olhos marejados. — Nós dois somos diferentes um do outro.

— Qual é a diferença?

— Pertencemos a mundos diversos...

— Mundos?

— Sim. Vou me explicar melhor: meu passado é muito mais sombrio que o seu.

— Refere-se à gravidade do erro de cada um?... Então eu estou em desvantagem.

— Não é nada disso. — Fumiko sacudiu tão forte a cabeça que lágrimas respingaram de seus olhos. Essa foi a impressão que Kikuji tivera. Na verdade, fora apenas uma única gota de lágrima que, inesperadamente, escapou-lhe pelo canto do olho esquerdo, escorrendo próximo à sua orelha.

— Minha mãe morreu levando com ela toda a culpa por esse erro. Ou melhor: culpa, não. Para mim, não se tratava de culpa, mas de tristeza.

Kikuji abaixou a cabeça.

— A culpa pode permanecer por toda a eternidade, mas a tristeza passa — definiu Fumiko.

— Mas, ao se referir às sombras de seu passado, você transforma a própria morte de sua mãe em algo sombrio.

— Acho que teria sido melhor mencionar a intensidade da tristeza.

— A intensidade da tristeza... — "é proporcional à intensidade do amor que se sente", pensou em dizer Kikuji, mas desistiu.

— Além do mais, há a proposta de casamento com a senhorita Yukiko. Só por isso, sua vida já é diferente da minha — com essa frase ela devolveu o assunto à realidade.

— A senhora Kurimoto julgava que minha mãe atrapalharia tal união. Provavelmente, inventou essa história de casamento para mim, acreditando que eu também pudesse constituir um obstáculo. Só pode ser isso.

— Mas ela também disse que a senhorita Yukiko havia se casado!

Por um instante, Fumiko mostrou certo ar de alívio, mas logo retrucou.

— Mentira. Impossível! Ela deve estar mentindo sobre isso também — afirmou, sacudindo a cabeça. — Quando foi?

— O casamento da senhorita Yukiko? Nos últimos tempos...

— Só pode ser mentira.

— Para mim, foi muito convincente quando ela disse que ambas as senhoritas se casaram. Acabei acreditando. — E continuou em voz baixa: — Quem sabe o casamento da senhorita Yukiko não seja verdade?

— Não é, ninguém se casa numa época quente como esta. A roupa teria de ser leve porque suamos demais.

— Tem razão. É difícil ver casamentos em pleno verão.

— Praticamente nenhum. Lógico que algumas pessoas insistem em casar nessa época, mas em geral os casais adiam até o outono.

Por alguma razão, novas lágrimas brotaram dos olhos de Fumiko, indo cair sobre seu joelho. Ela observava as manchas que se formavam no tecido de sua roupa.

— Por que a senhora Kurimoto inventaria uma mentira dessas? — indagou ela.

— O que posso dizer é que caí direitinho — lamentou Kikuji.

Ele só não entendia por que aquilo provocava choro em Fumiko.

Que o casamento dela era mesmo uma mentira, já estava comprovado. Kikuji começava, assim, a desconfiar de algumas coisas. Talvez Yukiko realmente tivesse se casado. Chikako, com a intenção de fazer com que Fumiko se afastasse dele, resolvera inventar que ela também havia se comprometido. No entanto, havia algo que não se encaixava nesse raciocínio. Começou então a desconfiar de que tudo não passava de uma grande mentira.

— Bem, enquanto não descobrirmos se de fato a senhorita Yukiko se casou ou não, não saberemos o porquê dessa brincadeira da Kurimoto.

— Brincadeira?...

— Sim, por enquanto, coloquemos as coisas nesses termos.

— Mas se eu não tivesse lhe telefonado hoje, estaria convencido de meu casamento. É uma brincadeira de muito mau gosto.

A criada tornou a chamar Kikuji.

Ele voltou, trazendo algo na mão.

— Sua carta chegou. Aquela que não tem selo... — e foi abrindo o envelope.

— Não, não! Não abra...

— Por quê?

— Porque não quero. Devolva-a para mim. — Fumiko aproximou-se deslizando sobre o tatame, buscando arrancar-lhe a carta da mão. — Devolva.

Kikuji foi mais rápido e escondeu a carta atrás de si.

Nesse instante, a jovem deixou pender sua mão esquerda sobre o joelho dele, enquanto a mão direita continuava no ar a procurar pela carta. Com os dois braços em movimentos contrários, acabou por perder o equilíbrio do corpo. Na tentativa de evitar a queda e ao mesmo tempo alcançar o envelope, apoiava-se com a mão esquerda e esticava a outra enquanto seu tronco caía sobre Kikuji. Com o corpo curvado para a direita, o rosto de Fumiko projetava-se em direção à barriga dele. No entanto, com uma leveza inacreditável, ela conseguiu se esquivar. Até mesmo a mão sobre o joelho de Kikuji não passara de um leve contato. Como ela conseguira sustentar o corpo contorcido apenas com aquele toque tão suave?

Ele, que já vislumbrava o corpo da jovem caído sobre o seu, quase lançou um grito de admiração diante de inesperada demonstração de flexibilidade. Era a súbita manifestação da força da feminilidade, da presença da mulher, que fazia com que Kikuji novamente se recordasse da viúva Ota, mãe de Fumiko.

Em que momento Fumiko se esquivara? Ao tirar a força de seu braço esquerdo? Uma flexibilidade quase impossível. Parecia um truque secreto do instinto feminino. No lugar do peso da mulher contra seu corpo, deparou-se com o cheiro quente da pele dela. Apenas isso.

O cheiro, sim, era forte. Um odor de mulher, acentuado após um dia de trabalho em pleno verão. Um odor que lhe despertava a lembrança da viúva Ota, da emanação do seu abraço.

— Por favor, me devolva.

Kikuji não quis contrariá-la.

— Vou rasgá-la. — Fumiko virou-se de lado e começou a picar o envelope em mil pedaços. Tinha o pescoço e os braços desnudos úmidos de suor.

Ela empalidecera por um instante no momento em que quase caíra sobre Kikuji. Recompôs-se logo em seguida, seu rosto corando novamente. Por certo, fora ali que começara a transpirar.

3

O jantar fora encomendado em um restaurante próximo à casa de Kikuji. O cardápio era simples, nada de extraordinário. O chá de Kikuji foi servido no *chawan* de Shino, como de costume. A criada o havia preparado como fazia todos os dias. Kikuji o notou, bem como Fumiko.

— Oh, tem usado esta cerâmica?

— Pois é.

— Que vergonha! — exclamou Fumiko com certo embaraço, porém sem se dar conta de que Kikuji estava mais encabulado ainda. — Estava arrependida por ter lhe oferecido uma peça tão ordinária. Foi o que escrevi naquela carta.

— De que forma?

— Bem, escrevi apenas o quanto lamentava ter-lhe ofertado uma peça tão sem graça...

— Discordo.

— Certamente não é um Shino tão valioso assim. Se minha mãe o usava como utensílio comum...

— Não entendo bem de cerâmica, mas acredito tratar-se de um bom Shino — retrucou, tomando a peça em suas mãos.

— Tenho certeza de que há outras muito melhores que esta. Um dia, irá compará-la...

— Aqui em casa, não há Shino algum nesse estilo — interrompeu Kikuji.

— Mesmo assim, terá a oportunidade de ver outros deles em muitos lugares. Se, nesse momento, lembrar de seu Shino e achar que os outros são melhores, eu e minha mãe ficaremos muito tristes.

Kikuji suspirou por um instante.

— Mas estou para cortar definitivamente as relações com o chá. Portanto, jamais olharei para nenhum outro *chawan*.

— Nunca se sabe quando terá a oportunidade de ver outras peças. Inclusive, já deve ter se deparado com vários Shino melhores.

— Se assim for, nunca poderemos presentear ninguém, a não ser com o que há de melhor no mundo.

— É exatamente isso — afirmou Fumiko, levantando o rosto e olhando diretamente nos olhos de Kikuji. — Foi o que pensei. Por isso, na carta, pedi que o quebrasse e jogasse fora.

— Quebrar? Esta peça? — Kikuji retrucava como se quisesse desviar a atenção dela.

Aquela cerâmica havia saído de um forno antigo, devia ter pelo menos trezentos ou quatrocentos anos. Talvez, originalmente, tivesse sido concebida como *mukôzuke*, utensílio de mesa, ou similar. Talvez nunca tenha exercido a função de *chawan*. Suspeitava-se de que começara a ser utilizada como utensílio da cerimônia do chá havia muito pouco tempo. Os antigos cuidaram bem dela a fim de passá-la à posteridade. Era fácil imaginar os viajantes trazendo-a de longe, acondicionada em uma caixa de madeira. Por mais que fosse um desejo de Fumiko, Kikuji jamais permitiria que fosse quebrada.

Além do mais, era a cerâmica que estava manchada na borda pelo batom da mãe dela.

O batom impregnado na cerâmica era difícil de ser removido, foi o que a mãe dissera a Fumiko. De fato, a mancha resistira apesar das lavagens aplicadas pessoalmente por Kikuji. Sua tonalidade era amarronzada, longe da cor viva do batom, e com um leve toque rosado, que bem poderia ser de um batom velho... Quem sabe fosse apenas a coloração natural das cerâmicas Shino. Ou, ainda, a sujeira deixada pelo proprietário anterior à viúva Ota, pois, quando usada como *chawan*, a boca do usuário toca sempre o mesmo lugar. O certo é que a viúva fora a pessoa que mais tinha usado aquele Shino para tomar chá.

Teria sido ideia dela utilizá-lo como *chawan*? Ou fora seu pai a sugerir-lhe tal uso? Os pensamentos de Kikuji iam longe. Suspeitava que utilizavam as cerâmicas, uma preta e outra vermelha, como um par. Mas será que seu pai via beleza nas coisas que a viúva Ota fazia? Provavelmente teria pedido a ela que utilizasse o *mizusashi* como vaso, depositando ali arranjos de rosas e cravos. Ou mesmo que bebesse no copo de cerâmica que lhe dera.

Agora, os dois estavam mortos, e tanto o *mizusashi* como o Shino vieram para ele. Assim como Fumiko.

— Não se trata de nenhum capricho. Eu gostaria mesmo que o quebrasse — afirmou a jovem. — Como havia ficado contente com o *mizusashi*, me empolguei em lhe oferecer o copo, que também é de Shino. Mas, depois, fiquei constrangida.

— Este Shino não é tão barato para ser usado como *chawan* para chá. Na verdade, sinto até pena de usá-lo como tal...

— Ainda assim, insisto em dizer que existem peças melhores. Entenda que é penoso para mim imaginá-lo utilizando essa peça e, em sua mente, compará-la com outras mais dignas.

— Ou seja, estamos de volta à história de só presentear os outros com o que há de melhor?

— Depende da pessoa e da situação.

Isso ressoou forte em Kikuji.

Fumiko talvez quisesse que o objeto de lembrança de sua mãe fosse o melhor de todos. Algo capaz de levar Kikuji a recordar-se das duas, mãe e filha. Mais ainda, um objeto a ser constantemente tocado por ele, levando-o a mantê-las vivas em sua memória.

Kikuji compreendia o desejo da filha de que a herança materna fosse a mais digna possível. Tratava-se da homenagem máxima que ela podia fazer. Aquele *mizusashi* era prova disso. A superfície fria, mas aconchegante, daquele Shino o fazia lembrar da viúva Ota. Possivelmente, graças à dignidade transmitida por aquela cerâmica, dissipava-se o sentimento obscuro e pesado da culpa. Diante daquela peça de primeira qualidade, Kikuji podia perceber que a viúva também era uma mulher de fina categoria. Peças finas são imaculadas.

No telefonema do dia da tempestade, Kikuji dissera a Fumiko ter vontade de revê-la cada vez que olhava aquele *mizusashi*. Uma frase que só conseguira dizer porque havia o fio do telefone separando-o dela. Fumiko respondera dizendo possuir outro Shino e que o levaria para ele. De fato, a pequena cerâmica em formato cilíndrico não era uma peça tão boa quanto o *mizusashi*.

— Meu pai sempre manteve um *chawan* para viagem — lembrou-se Kikuji —, mas certamente era de pior qualidade.
— Que tipo de *chawan*?
— Não sei. Nunca o vi.
— Eu adoraria vê-lo. Aposto ser melhor que o nosso Shino — disse Fumiko. — Se o de seu pai for mesmo superior, posso quebrar este aqui?
— Isso pode ser perigoso.

Enquanto Fumiko tirava habilidosamente as sementes da melancia, insistia em ver o tal *chawan* do pai de Kikuji.

Ele pediu à criada para arejar a sala de chá e saiu em direção ao quintal. Pretendia procurá-lo e levá-lo até ela, mas Fumiko resolveu acompanhá-lo.

— A bem da verdade, nem sei onde está a caixa dele. Kurimoto tem mais noção do que há nesta sala... — comentou Kikuji, voltando-se para trás.

Fumiko estava encoberta pela oleandra toda florida. Apenas seus pés podiam ser vistos na sombra da árvore, calçando meias e tamancos próprios para andar no jardim.

A caixa estava numa prateleira lateral da cozinha. Voltando à sala de chá, Kikuji a colocou diante de Fumiko. A jovem havia sentado e aguardava, imóvel, que ele a desembrulhasse. Como ele não o fizera, resolveu abrir ela mesma.

— Com licença.
— Cuidado, está bem empoeirado.

Com a ponta dos dedos, Kikuji pegou o lenço com que Fumiko acabara de desembrulhar a caixa e o levou até o quintal para espaná-lo.

— Encontrei uma cigarra morta na prateleira da cozinha. Estava sendo devorada pelos insetos ao seu redor.

— Mas a sala de chá parece bem limpa.
— Pois é. Kurimoto passou por aqui há alguns dias e arrumou tudo. Na mesma ocasião em que comunicou seu casamento e o da senhorita Yukiko... Como já estava escuro, talvez ela tenha prendido a cigarra no recinto sem querer.

Fumiko retirou um embrulho cujo formato assemelhava-se ao de um *chawan*. Seus dedos tremiam enquanto desatava o nó que amarrava o saco. Os ombros carnudos encolhidos para frente e o peito voltado para o chão faziam sobressair mais ainda seu pescoço delgado. A boca bem cerrada, a ponto de deixar o lábio inferior um pouco projetado, e o lóbulo macio da orelha formavam uma singela figura.

— É um Karatsu[27] — esclareceu Fumiko, voltando-se para Kikuji.

Ele se aproximou e sentou-se ao lado dela.

— É um excelente *chawan* — atestou a jovem, colocando-o sobre o tatame. — O Karatsu de pequeno porte tem o formato cilíndrico ideal para servir de tigela para uso comum. Uma cerâmica forte e distinta. Muito melhor que aquele Shino.

— Não é possível comparar um Shino com um Karatsu.
— Coloque-os lado a lado e verá.

Kikuji, atraído como ela pelo magnetismo daquela peça, tomou-a nas mãos.

— Então vamos comparar as peças.
— Pode deixar, eu pego o Shino — disse Fumiko, levantando-se.

---

27. Cerâmica de estilo simples e audacioso, muito apreciada no Japão, típica da região de Karatsu, na província de Saga, que surgiu no século xv entre ceramistas coreanos.

Quando dispuseram as duas cerâmicas lado a lado, os olhos de Kikuji e Fumiko se encontraram. Juntos, voltaram-se para as peças.

— Vendo-os assim, um parece *chawan* de homem, e o outro, de mulher — interveio Kikuji, um pouco constrangido.

Fumiko parecia não ter palavras e apenas assentiu com a cabeça. A frase que Kikuji havia dito soara estranha até para ele.

O Karatsu era liso e não tinha nenhuma figura. Sua coloração era de um tom ameixa azulado, com alguns toques de roxo. Sua base se apresentava robusta e forte.

— Se o seu pai carregava este *chawan* em suas viagens, é porque o apreciava muito. Creio que a peça combinava demasiado com ele. — Fumiko não percebeu a frase perigosa que acabara de dizer.

Kikuji não se atreveu a dizer palavra alguma, pois, para ele, o *chawan* de Shino era como a mãe de Fumiko. Aqueles dois *chawan* ali, lado a lado, bem poderiam ser as almas de seu pai e da viúva Ota.

Aquelas peças de trezentos ou quatrocentos anos apresentavam certo vigor. Não inspiravam pensamentos doentios. Tinham vitalidade, sendo até mesmo sensuais.

Kikuji sentia-se portanto diante de duas belas almas, personificadas naqueles *chawan*. Pelo fato de as peças serem reais, tangíveis, tinha a impressão de que purificavam o ambiente, tornando pura também aquela relação que se estabelecia entre ele e a jovem.

Na ocasião do sétimo dia da viúva Ota, Kikuji dissera a Fumiko que a presença dele ali seria condenável. No entanto, todo medo e toda culpa pareciam ter sido dissipados pela presença daqueles *chawan*.

— São muito belos — murmurou Kikuji. — Será que meu pai não lidava com essas peças de cerâmica buscando desviar a atenção de suas faltas?

— Como assim?

— Quando observo estes *chawan*, não penso nos defeitos dos antigos donos. A vida de meu pai, por exemplo, equivale apenas a uma pequena fração da existência destas peças tradicionais...

— A morte está sempre em nosso encalço. E isso me apavora. Se esse é um fato iminente, não devo ficar amarrada para sempre à morte de minha mãe. Por isso, tenho feito várias coisas para tentar superar essa obsessão.

— Tem razão. Ficarmos obcecados pelos mortos acaba por nos levar a crer que também não fazemos mais parte deste mundo — concordou Kikuji.

A criada entrou trazendo consigo uma chaleira de ferro. Como Kikuji e Fumiko já estavam há muito tempo por ali, na sala de chá, ela imaginou que precisassem de água quente.

Ele então sugeriu à jovem que preparasse um chá à moda dos viajantes, usando os *chawan* de Shino e Karatsu. Fumiko concordou.

— Vai me deixar usar o Shino de minha mãe pela última vez, antes de eu quebrá-lo? — indagou, enquanto tirava o *chasen* da caixa para levá-lo à cozinha.

Os dias de verão tardavam a se pôr.

— Vamos imaginar que estamos em uma viagem... — propôs Fumiko, girando o pequeno *chasen* dentro de um *chawan* também pequeno.

— Viajando para onde? Para alguma hospedaria?

— Não precisa ser para um lugar específico. Poderíamos estar à beira de um rio ou no meio das montanhas. Talvez pudéssemos usar água fria no preparo, para fingirmos que estamos às margens de um córrego de água gelada...

Ao levantar o *chasen*, Fumiko voltou-se furtivamente para Kikuji, mas logo pousou seu olhar no Karatsu que girava em suas mãos, seguindo o protocolo do chá. Com os olhos fixos na peça, foi se deslocando até Kikuji, para ofertá-la a ele. Era como se a própria Fumiko se ofertasse.

Em seguida, voltou-se ao Shino da mãe à sua frente, mas o *chasen* que segurava começou a bater insistentemente nas bordas do *chawan* e Fumiko viu-se obrigada a interromper a preparação.

— Está difícil.

— Deve ser porque o *chawan* é estreito — tentou argumentar Kikuji, embora soubesse que aquilo se devia à mão trêmula de Fumiko.

Uma vez tendo o *chasen* cessado de girar, não havia como retomar o preparo do chá naquele *chawan* estreito. Ela permaneceu então cabisbaixa, olhando fixamente para seus pulsos.

— Minha mãe não está me deixando continuar.

— Como?!

Kikuji teve de se levantar para erguê-la pelos ombros, como se amparasse alguém imobilizado por algum encanto maligno.

A jovem não mostrou a menor resistência.

4

Kikuji não conseguiu dormir. Esperou o céu clarear um pouco e encaminhou-se até a sala de chá.

Deparou-se com cacos do Shino próximos à base do *tsukubai*.[28] Pegou os quatro pedaços grandes e rejuntou--os, procurando remontar o *chawan*. No entanto, faltava ainda um fragmento da borda, quase do tamanho de um polegar. Começou a procurá-lo entre as pedras, mas logo desistiu.

Quando ergueu os olhos, avistou uma grande estrela brilhando entre as árvores na direção leste. Fazia anos que não via uma estrela da manhã. Havia nuvens no céu, e ela cintilava entre elas, o que a fazia parecer maior ainda. Dava a impressão de que seu contorno fulgurava dentro da água.

Diante da limpidez daquela estrela, a procura de fragmentos de cerâmica pelo quintal pareceu a Kikuji um ato deveras insultuoso e ele acabou por lançar os outros pedaços de volta ao chão.

Na noite anterior, quando Kikuji menos esperava, Fumiko despedaçara o *chawan*, atirando-o contra o *tsukubai*. Ele não

---

28. Recipiente de pedra colocado no jardim, próximo à porta das salas de chá, usado para lavar as mãos e, assim, purificar-se antes da cerimônia.

havia percebido que ela levava a peça nas mãos, quando deixou a sala de chá feito um fantasma.

Kikuji soltou um grito. Não eram os pedaços de *chawan* estilhaçados que o preocupavam, mas Fumiko. A jovem, ainda agachada na posição em que quebrara a cerâmica, parecia cair sobre o *tsukubai*, e ele correu para socorrê-la, tomando-a pelos ombros.

— Há Shino melhores que este — murmurou Fumiko.

Estaria ela preocupada com o fato de ele vir a comparar seu Shino com os outros?

As palavras de Fumiko apenas intensificaram a emoção de Kikuji diante da pureza enternecedora daquela jovem. Havia passado a noite em claro a relembrá-las.

Esperara o dia clarear e fora ao encontro do *chawan* despedaçado. Tinha recolhido seus cacos, mas, ao avistar a estrela dupla, deitara-os fora.

Olhou novamente para o céu. Oh, a estrela havia sumido!

Bastou um segundo, o tempo de voltar-se aos cacos no chão, para que a estrela da manhã se escondesse por detrás das nuvens.

Kikuji fitava o céu do leste como se procurasse por algo que tinha sido tomado de suas mãos. Embora as nuvens não fossem tão espessas, era impossível avistar a estrela. Elas já começavam a se dissipar no horizonte, e um tom vermelho-claro começava a tingir o céu, rente aos telhados das casas.

— Também não posso deixar tudo isso espalhado por aí — murmurou Kikuji a si mesmo. Recolheu mais uma vez os pedaços de cerâmica, guardando-os no bolso de sua roupa de dormir.

Deixá-los espalhados doía-lhe no coração. Ainda por cima, havia o risco de Chikako vê-los, caso chegasse de surpresa novamente.

Kikuji pensou em enterrar os cacos ao lado do *tsukubai*, em respeito ao sentimento de Fumiko, que quis destruir a peça. Mas, por aquela hora, resolveu embrulhá-los em papel e guardá-los no armário. Depois, voltou para as cobertas.

Afinal, de onde vinha tanta preocupação de Fumiko quanto à possibilidade de Kikuji vir a comparar aquele Shino com os outros? Isso o intrigava.

Além do mais, naquela manhã, depois do que houvera na noite anterior, Fumiko havia se tornado algo absoluto para ele. Nada podia ser comparado a ela. O destino fora decisivo. Até aquele dia, Fumiko sempre havia sido a filha da viúva Ota. Mas isso também já pertencia ao passado.

Em alguns momentos, sua mente fundia o corpo da mãe com o da filha. Tal ilusão, inclusive, o levara a ter sonhos de deleite. Agora, aqueles pensamentos pareciam ter sumido como num encanto.

Kikuji saía de trás de uma cortina escura e pesada que o encobria havia muito tempo. Parecia que a dor sentida pela jovem ao perder a castidade o havia resgatado de suas faltas.

Fumiko não mostrara nenhuma resistência, a não ser a de sua virgindade.

As pessoas diriam que eles caíram num abismo de encantamento e torpor. Para Kikuji, porém, ocorrera o contrário. Sentia-se liberto de um feitiço maligno. Era algo prodigioso, o doente condenado havia tomado uma dose maciça do veneno que o intoxicara, mas que acabara anulando o efeito da toxina. Havia encontrado o antídoto.

Logo que chegou ao escritório, Kikuji ligou para a loja onde Fumiko agora trabalhava. Tratava-se de um atacado de raxa.

Ela ainda não tinha chegado ao serviço. Talvez tivesse pegado no sono de manhãzinha, diferentemente dele, que passara a noite em claro. Quem sabe tivesse resolvido ficar em casa, encabulada com a noite que tiveram.

À tarde, ela ainda não havia comparecido ao trabalho, e Kikuji resolveu pedir o contato dela a um funcionário da loja. Por certo, aquela carta continha o novo endereço, mas esta havia sido rasgada e guardada no bolso da jovem. Ele só se lembrava do nome da loja porque fora mencionado durante o jantar, na noite anterior. Para ele, era como se Fumiko já habitasse seu corpo, por isso não sentira necessidade de perguntar onde ficava a casa em que morava.

Depois do expediente, Kikuji rumou para o endereço no qual ela havia alugado um quarto. A casa ficava atrás do parque Ueno. Fumiko não estava.

Uma garota de doze ou treze anos, ainda vestindo uniforme de escola no estilo marinheiro, foi até os fundos e voltou com a informação.

— A senhorita Fumiko saiu de manhã em viagem com uma amiga.

— Viajou?! — Kikuji não acreditou no que ouvira. — Tem certeza? A que horas saiu? Para onde ela foi?

A garota foi novamente até os fundos. Ao retornar, não fez questão de se aproximar dele.

— Não sei. Minha mãe saiu... — disse, um pouco afastada, com olhar de desconfiança.

Era uma menina de sobrancelhas ralas.

Kikuji afastou-se do portão e passou a observar a casa. Não fazia ideia de qual seria a janela do quarto de Fumiko. A residência, aparentemente confortável, tinha dois andares e um pequeno quintal na frente.

Kikuji sentiu um formigamento nos pés ao se lembrar do que Fumiko lhe dissera — que a morte estava sempre em nosso encalço.

Tirou o lenço e enxugou o rosto. Sentia o sangue sumir de sua face à medida que passava o pano na pele. Passou a esfregar cada vez mais forte, na tentativa de recuperar a cor. O lenço escurecia com a umidade e suas costas foram ficando geladas de suor.

— Ela não se mataria — ponderou, tentando se convencer.

Não podia morrer justo naquele momento, depois de ter proporcionado a Kikuji a chance de recuperar sua vida.

No entanto, a docilidade de Fumiko na noite anterior não seria exatamente fruto de sua resignação perante a morte? Ou teria ela interpretado a própria docilidade como característica de uma mulher impura como sua mãe?

— Seria Chikako a única que restaria?...

Kikuji praguejou contra sua inimiga imaginária e apressou-se em direção à sombra da vegetação do parque.

ESTE LIVRO FOI COMPOSTO EM GATINEAU CORPO 10,7
POR 15 E IMPRESSO SOBRE PAPEL AVENA SOFT 80 g/m²
NAS OFICINAS DA MUNDIAL GRÁFICA, SÃO PAULO — SP,
EM ABRIL DE 2023